Bienvenidos a Occidente

RESERVOIR BOOKS

Mohsin Hamid
Bienvenidos a Occidente

Traducción de Luis Murillo Fort

Título original: *Exit West*
Primera edición: septiembre de 2017

© 2017, Mohsin Hamid
© 2017, Penguin Random House Grupo Editorial, S. A. U.
Travessera de Gràcia, 47-49. 08021 Barcelona
© 2017, Luis Murillo Fort, por la traducción

Printed in Spain – Impreso en España

ISBN: 978-84-16709-88-5
Depósito legal: B-14.317-2017

Compuesto en La Nueva Edimac, S. L.
Impreso en Egedsa (Sabadell, Barcelona)

R K 0 9 8 8 5

Penguin
Random House
Grupo Editorial

Para Naved y Nasim

En una ciudad repleta de refugiados pero todavía relativamente en paz, o como mínimo no abiertamente en guerra, un chico conoció a una chica en un aula y no le dirigió la palabra. Así días enteros. Él se llamaba Said y ella Nadia; él llevaba barba, no una barba poblada, sino una barba de días meticulosamente cuidada, y ella iba siempre vestida desde la punta de los pies hasta el extremo inferior de la escotadura yugular con una túnica suelta de color negro. En aquel entonces la gente disfrutaba todavía del lujo de ir más o menos a su aire en lo referente a ropa y peinado, naturalmente dentro de ciertos límites, de ahí que elegir una cosa u otra tuviera su significado.

Puede parecer extraño que en ciudades que están al borde del abismo la gente joven vaya todavía a clase —en el caso que nos ocupa, una clase nocturna sobre identidad corporativa y construcción de marca—, pero así son las cosas, lo mismo con las ciudades que con la vida, pues tan pronto estamos haciendo tranquilamente nuestras cosas como un momento después estamos agonizando, y ese fin siempre inminente no zanja nuestra pasajera existencia hasta el instante mismo en que lo hace.

Said reparó en que Nadia tenía un lunar en el cuello, una marca ovalada de color pardo rojizo que a veces, pocas pero alguna, se movía al compás de su pulso.

No mucho después de fijarse en ese detalle, Said le dirigió la palabra por primera vez. La ciudad en que vivían no había sufrido aún combates de importancia, solo tiroteos aislados y algún que otro coche bomba, explosión que uno sentía en la cavidad torácica como una vibración subsónica parecida a la que producen los grandes altavoces en un concierto de música. Said y Nadia habían recogido sus libros y estaban saliendo del aula.

En la escalera, él se volvió hacia ella y le dijo:

—Oye, ¿te gustaría tomar un café? —Tras una pequeña pausa y para no parecer tan atrevido, dado el atuendo conservador de Nadia, añadió—: ¿En el bar?

Nadia le miró a los ojos.

—¿Tú no rezas las oraciones vespertinas? —preguntó.

Said echó mano de su sonrisa más encantadora.

—No siempre —dijo—. Por desgracia.

Ella no se inmutó.

En vista de lo cual, Said decidió perseverar, aferrándose a su sonrisa con la creciente desesperación de un escalador abocado al fracaso.

—Yo creo que es algo personal. Cada persona tiene su propia manera de hacer. Nadie es perfecto. Y, además…

Ella le interrumpió.

—Yo no rezo —dijo, sin dejar de mirarle con fijeza. Y luego—: Otro día, si acaso.

Él se quedó mirando cómo iba hasta el aparcamiento reservado a los alumnos y luego, en vez de cubrirse la cabeza con un paño negro como él esperaba, se ponía un casco de motorista (que ella había dejado previamente sujeto mediante un candado a una desvencijada y barata moto de trial), bajaba la visera, montaba a horcajadas y se alejaba de allí con un rugido controlado para desaparecer en la noche que ya se cernía.

Al día siguiente, en el trabajo, Said vio que no podía dejar de pensar en Nadia. La empresa para la que trabajaba era una agencia de publicidad especializada en exteriores. Tenían vallas por toda la ciudad, otras las alquilaban, y también contrataban espacio publicitario en autobuses, campos de deporte y edificios altos.

Las oficinas ocupaban las dos plantas de una casa de vecindad reformada y había una docena de empleados. Said era uno de los más nuevos, pero su jefe le apreciaba y le había encargado la tarea de cambiar la presentación de una empresa de jabones, y antes de las cinco tenían que enviarla por correo electrónico. Habitualmente, Said buceaba durante horas en internet y hacía todo lo posible para que sus presentaciones se adaptaran a los requisitos del cliente. «No hay historia si no hay público que la escuche», gustaba de decir su jefe. Esto, para Said, significaba intentar demostrar al cliente que su agencia comprendía bien cómo funcionaba su negocio, que podía identificarse con sus objetivos y ver las cosas desde su misma perspectiva.

Pero ese día, aunque la presentación era importante –toda presentación lo era: la economía renqueaba debido al malestar creciente y uno de los primeros gastos que los clientes parecían querer reducir era el de la publicidad en exteriores–, Said no lograba concentrarse. Un árbol grande, que nadie cuidaba ni podaba, crecía en el diminuto patio trasero de la casa donde la agencia tenía sus oficinas, tapando la luz del sol hasta el extremo de que en el patio no había más que tierra y unas pocas matas de hierba, entre las que podían verse multitud de colillas (el jefe había prohibido fumar dentro), y en lo alto de aquel árbol Said había visto un gavilán construyendo su nido. Trabajaba sin descanso. A veces pendía casi estacionario en el aire, al nivel de la vista, y luego, con un levísimo movimiento de una de sus alas o incluso de las plumas vueltas hacia arriba del extremo de una de ellas, daba un viraje.

Said pensó en Nadia y observó al gavilán.

Se le acababa el tiempo para entregar y decidió hacer corta y pega de otras presentaciones que había hecho anteriormente. Solo algunas de las imágenes que seleccionó tenían algo que ver con jabón. Cuando fue a enseñarle el borrador a su jefe, hubo de disimular la vergüenza que sentía.

Pero el jefe parecía estar preocupado y no advirtió nada. Hizo tan solo unos pequeños retoques, se lo devolvió a Said con una sonrisa nostálgica y dijo: «Envíalo».

Said no pudo evitar sentir pena por él. Deseó haber hecho una presentación mejor.

En el momento en que el cliente de Said descargaba el email de un servidor y lo leía, lejos de allí, en Australia, una mujer de piel muy pálida estaba durmiendo sola en Surry Hills, un barrio de Sidney. Su marido se encontraba en Perth por motivos de trabajo. La mujer no llevaba encima más que una camiseta larga, de su marido, y la alianza de boda. Su torso y su pierna izquierda estaban cubiertos por una sábana de un tono aún más pálido que el de su piel; la pierna derecha y la cadera de ese lado quedaban al aire. En el tobillo derecho, justo en la depresión del tendón de Aquiles, llevaba tatuada en azul una pequeña ave mitológica.

La casa disponía de alarma, pero la alarma no estaba conectada. El sistema lo habían hecho instalar anteriores inquilinos, gente que consideró aquella casa su hogar, antes de que el fenómeno de la gentrificación del vecindario hubiera llegado tan lejos como había llegado ahora. La mujer que dormía ponía la alarma muy raramente, más que nada cuando su marido estaba ausente, pero esa noche había olvidado hacerlo. La ventana de su dormitorio, cuatro metros por encima del suelo, estaba apenas entreabierta.

En el cajón de su mesita de noche había medio envase de píldoras anticonceptivas, que había dejado de tomar tres meses atrás, cuando su marido y ella todavía intentaban evitar un posible embarazo, pasaportes, talonarios de cheques, recibos, monedas, llaves, unas esposas y varias tiras de chicle por estrenar, en sus envoltorios de papel.

La puerta del vestidor estaba abierta. El fulgor del cargador del portátil y el router inalámbrico bañaba de luz la habitación, pero la entrada al vestidor estaba negra como boca de lobo, un rectángulo de oscuridad total: el corazón de las tinieblas. Y de esas tinieblas estaba saliendo un hombre.

También él era oscuro, oscura la piel y oscuros sus lanudos cabellos. El hombre forcejeó, las manos agarradas a ambos costados del umbral como tratando de contrarrestar la fuerza de la gravedad, o el ímpetu de una monstruosa marea. Tras la cabeza apareció el cuello, sus tendones en pleno esfuerzo, y luego el pecho, con su sudada camisa marrón y gris medio desabrochada. De repente se quedó quieto. Miró a su alrededor. Miró a la mujer que dormía, la puerta cerrada del dormitorio, la ventana entreabierta. Reanudó sus esfuerzos por entrar en la habitación, pero ahora en desesperado silencio, el silencio de alguien que se debate en un callejón, en el suelo, de noche, para liberarse de las manos que lo tienen agarrado por la garganta. Con la diferencia de que nadie lo estaba estrangulando; lo único que él pretendía era no hacer ruido.

Haciendo un esfuerzo final, logró pasar del todo y aterrizó tembloroso en el suelo como un potrillo recién nacido. Se quedó allí quieto, agotado. Intentando no jadear. Se puso de pie.

Los ojos giraban vertiginosamente en sus órbitas. Vertiginosamente, sí. O quizá no tanto. Quizá es que miraban en derredor, miraban a la mujer, la cama, la habitación. Siendo alguien que se había criado en un entorno con frecuencia peligroso, era consciente de la fragilidad de su cuerpo. Sabía cuán poco era necesario para convertir a un hombre en carne: un mal golpe, un mal tiro, un mal giro con la muñeca que empuña el cuchillo, una curva mal tomada en el coche, la presencia de un microorganismo al estrechar la mano de alguien, una simple tos. Era consciente de que una persona, sola, no es apenas nada.

La mujer que dormía, dormía sola. El que estaba de pie junto a ella, estaba solo. La puerta del dormitorio permanecía cerrada. La ventana, abierta. Optó por la ventana. Dicho y hecho, de un limpio salto se plantó en la calle.

Mientras esto ocurría en Australia, Said estaba volviendo a casa después de comprar pan fresco para la cena. Era un hombre hecho y derecho, independiente, soltero, con un buen puesto de trabajo y una buena educación, y como casi todos los hombres de su ciudad hechos y derechos, independientes y solteros, con un buen puesto de trabajo y una buena educación en aquellos tiempos, Said vivía con sus padres.

Su madre tenía el porte autoritario de una maestra de escuela, cosa que era por currículum, y su padre el aire ligeramente despistado de un profesor universitario, cosa que seguía siendo, si bien con salario reducido, pues había superado ya la edad oficial de jubilación y se había visto obligado a buscarse clases como profesor visitante. Tanto el padre como la madre habían elegido, en tiempos casi se podría decir remotos, sendas profesiones respetables en un país a cuyos respetables profesionales acabaría yéndoles bastante mal. Para conseguir seguridad y estatus había que buscar en otras, y muy diferentes, ocupaciones. Said fue un hijo tardío; su madre llegó incluso a pensar que el médico era un descarado cuando le preguntó si creía que podía estar embarazada.

Su pequeña vivienda estaba en un edificio otrora bonito, de ornamentada pero ahora ruinosa fachada que se remontaba a la época colonial, en una zona de la ciudad antaño exclusiva y en la actualidad muy poblada y comercial. El piso era una parte de otro mucho más grande y comprendía tres habitaciones: dos modestos dormitorios y un cuarto que utilizaban para estar, comer, pasar el tiempo y ver la televisión. Esa tercera habitación era asimismo de dimensiones modestas pero contaba con altos ventanales y un balcón utilizable, si bien estrecho, que daba sobre un callejón y desde el que se veía, al fondo de una avenida, una fuente de la que en otro tiempo manaba agua a borbotones. Era una vista que en tiempos más prósperos y más amables habría justificado un ligero recargo en el precio, pero que era poco deseable en épocas de conflicto, pues el balcón estaría en el punto de mira de las ametralladoras y los lanzagranadas de quienes emprendieran una ofensiva por esa parte de la ciudad: era como mirar por el cañón de un rifle. Ubicación, ubicación, insisten las agencias inmobiliarias. Y los historiadores responden: la geografía es el destino.

La guerra no tardaría en estropear la fachada del edificio como si hubiera pisado el acelerador del tiempo, las víctimas de un solo día más numerosas que las de toda una década.

Cuando los padres de Said se conocieron tenían la misma edad que Said y Nadia cuando se conocieron. En el primer caso fue un matrimonio por amor, un matrimonio entre desconocidos no concertado por sus respectivas familias, lo cual, en sus círculos, aunque existían precedentes, era muy poco habitual.

Se conocieron en una sala de cine durante el intermedio de una película sobre una habilidosa princesa. La madre de Said observó cómo el padre fumaba un cigarrillo y se sorprendió del enorme parecido que había entre él y el protagonista masculino de la película. Dicha semejanza no era enteramente fortuita: si bien un poco tímido y muy amante de los libros, el padre de Said, como la mayoría de sus amigos, solía vestir al estilo de los actores de cine y músicos famosos de su época. Pero su miopía, sumada a su carácter, le daba un aire genuinamente distraído, y esto, lógicamente, hizo que la madre de Said pensara que no solo tenía pinta de actor sino que quizá lo era. Decidió, pues, abordarlo.

Sentada delante del padre de Said, se puso a charlar animadamente con un amigo, haciendo caso omiso del objeto de su deseo. El padre de Said se fijó en ella. La escuchó hablar. Hizo acopio de valor para dirigirle la palabra. Y eso fue todo, como ambos gustaban de decir al relatar en años posteriores la historia de cómo se conocieron.

Los padres de Said eran ambos amantes de la lectura y, cada cual a su manera, del debate, y en los primeros días de su noviazgo se reunían a menudo, furtivamente, en librerías. Después, ya casados, pasaban muchas tardes leyendo juntos en cafeterías y restaurantes, o, cuando el tiempo lo permitía, en el balcón de su piso. Él fumaba y ella decía que no fumaba, pero muchas veces, cuando la ceniza del cigarrillo aparentemente olvidado del padre de Said crecía hasta lo indecible, ella se lo cogía de los dedos, echaba la ceniza con cuidado en un cenicero y daba una larga y sensual calada, antes de devolvérselo con delicadeza.

Para cuando su hijo conoció a Nadia, el cine donde los padres de Said se conocieron ya no existía, lo mismo que sus librerías preferidas y la mayor parte de los restaurantes y bares a los que solían ir. No es que cines, librerías, restaurantes y bares hubieran desaparecido de la ciudad, sino que muchos de esos establecimientos ya no estaban allí. El cine que tan buenos recuerdos les traía había sido sustituido por una galería comercial especializada en ordenadores y periféricos. El negocio había adoptado el nombre de la sala de cine que lo precediera: ambos habían tenido el mismo dueño, y la sala se hizo tan famosa que se convirtió en sinónimo de aquella localidad. Al pasar junto a la galería y ver el nombre antiguo en el rótulo nuevo de neón, a veces el padre de Said, y a veces la madre, recordaban con una sonrisa. O recordaban y se detenían un momento.

Hasta la noche de bodas los padres de Said no se tocaron. De los dos, fue ella quien se sintió más incómoda, pero al mismo tiempo era la que tenía más ganas e insistió en repetir el acto sexual dos veces más antes de que amaneciera. Durante años, así se mantuvo la balanza entre los dos. Por regla general, ella era voraz en la cama. Por regla general, él era servicial. Quizá porque, hasta concebir a Said veinte años más tarde, no se quedó embarazada y supuso que debía de ser estéril, la madre de Said practicaba el sexo con total abandono, es decir, sin pensar en las consecuencias o en lo que entrañaba criar un hijo. Él, por su parte, durante toda la primera mitad de su matrimonio mostró una actitud agradablemente sorprendida ante el ardor de su mujer. Ella encontraba erótico el bigote y que la montara por detrás; él la encontraba a ella carnal y motivadora.

Al nacer Said, la frecuencia de los encuentros sexuales decreció notablemente, y a partir de entonces no dejó de menguar. El útero experimentó un progresivo prolapso, la erección se volvió más difícil de mantener. Durante esta fase, el padre de Said fue adoptando cada vez más, también por iniciativa propia, el papel de iniciador de la relación sexual, y la madre de Said se preguntaba a veces si ello era debido a un deseo real, a la costumbre o a simples ganas de intimidad. Ella hacía lo posible por corresponderle. Con el tiempo, él acabó sintiendo tanto rechazo por su propio cuerpo al menos como por el de ella.

Durante el último año de vida que compartieron, año que estaba ya más que avanzado cuando Said conoció a Nadia, solo copularon tres veces. Tantas como en su noche de bodas. Pero su padre, por insistencia de su madre, siguió llevando bigote. Y la cama de matrimonio fue siempre la misma, con su cabezal como los barrotes de una barandilla, casi reclamando que uno se agarrara a ellos.

En lo que la familia de Said denominaba su sala de estar había un telescopio, negro y reluciente. Era un regalo que el abuelo le había hecho al padre de Said y que el padre de Said había regalado a este a su vez. Pero como Said aún vivía con sus padres, el telescopio no se había movido de donde estaba siempre, en el rincón y montado sobre un trípode, por debajo de un laborioso clíper que surcaba las aguas de una repisa triangular dentro de su botella de cristal.

El cielo sobre la ciudad en que vivían estaba ya demasiado contaminado como para ponerse a mirar estrellas, pero en noches despejadas tras un día de lluvia, el padre de Said sacaba todavía el telescopio y toda la familia se instalaba en el balcón a tomar té verde y disfrutar de la brisa, turnándose para contemplar objetos cuya luz, en muchas ocasiones, había sido emitida antes de que ninguno de los que miraban hubiese nacido, luz de siglos pasados que solo ahora llegaba a la Tierra. A esto, el padre de Said lo llamaba viaje en el tiempo.

Pero una noche en concreto, precisamente la noche después de haber estado esforzándose por terminar la presentación para la empresa de jabones, Said se encontraba observando distraído una trayectoria que discurría por debajo del horizonte, y por el ocular veía ventanas, muros y tejados, unas veces quietos y otras pasando a increíble velocidad.

–Me parece que está mirando chicas –le dijo el padre de Said a su mujer.

–Haz el favor de comportarte, Said –dijo la madre–. Ha salido a ti –le dijo a su marido.

–A mí nunca me hizo falta un telescopio.

–Claro, tú preferías un radio de acción corto.

Said meneó la cabeza y apuntó el telescopio hacia lo alto.

–Veo Marte –dijo.

Y así era, en efecto. El segundo planeta más cercano, un tanto borroso y del color de la puesta de sol tras una tormenta de arena.

Said se enderezó y sostuvo en alto su teléfono móvil, dirigiendo la cámara hacia el firmamento mientras consultaba una aplicación que indicaba los nombres de cuerpos celestes que él desconocía. El Marte que se veía en él era más detallado, aunque por supuesto era un Marte de otro momento, un Marte de antaño, fijado en la memoria por el creador de la aplicación.

La familia de Said oyó a lo lejos un tableteo de armas automáticas, estampidos que no eran especialmente fuertes pero que sin embargo les llegaban con claridad. Pasado un rato, la madre de Said sugirió que volvieran adentro.

Cuando por fin Said y Nadia tomaron café juntos en el bar, cosa que sucedió al cabo de una semana, después de la siguiente clase, Said le preguntó por su atuendo, aquella túnica negra tan conservadora y que la ocultaba casi por completo.

—Si no rezas —dijo, bajando ahora la voz—, ¿por qué llevas eso?

Estaban sentados a una mesa para dos, junto a una ventana desde la que se veía el enmarañado tráfico de la calle. Sus móviles estaban boca abajo entre los dos, como las pistolas de dos forajidos en una negociación.

Ella sonrió, tomó un sorbo de café. Y entonces habló, la mitad inferior de su rostro oculta por la taza:

—Es para que los hombres no me toquen las narices —dijo.

De niña, la asignatura favorita de Nadia era el arte, pese a que solo les daban clase de arte una vez por semana y ella no consideraba que tuviera un talento especial para ello. Había asistido a una escuela donde insistían mucho en el aprendizaje memorístico, para el cual Nadia no estaba bien dotada a causa de su temperamento, de modo que se pasaba buena parte del tiempo haciendo garabatos en los márgenes de sus libretas y libros de texto, encorvada para evitar que sus maestros vieran las florituras y los universos boscosos en miniatura que dibujaba, so pena de que la riñeran o de recibir un bofetón en la cocorota.

El arte, en casa de los padres de la Nadia niña, consistía en versículos religiosos y fotografías de lugares santos, enmarcadas y colgadas de las paredes. La madre y la hermana de Nadia eran mujeres más bien calladas, y el padre era un hombre que intentaba serlo también, tomándolo como una virtud, pero al que sin embargo le hervía la sangre con facilidad, muchas veces por culpa de Nadia. La niña siempre estaba haciendo preguntas, y su irreverencia en asuntos de fe le molestaba y asustaba por igual. En casa de Nadia no había violencia física, y hacían muchos donativos, pero cuando al terminar la universidad Nadia anunció, para horror de su familia y para su propia sorpresa, pues no tenía pensado decirlo, que se iba a vivir sola, como mujer soltera, hubo palabras fuertes por parte del padre, de la madre y, más aún, de la hermana. Pero las hubo, sobre todo, por parte de la propia Nadia, hasta el punto de que tanto ella como su familia consideraron que a partir de entonces Nadia ya no tenía familia, cosa que todos ellos, los cuatro, lamentaron el resto de su vida pero que ninguno de ellos hizo nada por reparar, en parte por cabezonería y en parte por puro desconcierto acerca de cómo hacerlo, aunque en parte también porque el inminente descenso al abismo de la ciudad donde habitaban se produciría antes de que comprendieran que habían perdido la oportunidad de solventarlo.

Las experiencias de Nadia durante sus primeros meses como mujer soltera que vivía sola fueron, en algunos momentos, tanto o más peligrosas y detestables de lo que su familia le había advertido ya. Pero Nadia había conseguido un empleo en una compañía de seguros y estaba decidida a sobrevivir, como así fue. Encontró una habitación en el piso alto de la casa de una viuda, un tocadiscos y una pequeña colección de vinilos, un círculo de amistades entre los espíritus libres de la ciudad y un contacto con una ginecóloga discreta e imparcial. Aprendió a vestirse para sentirse protegida, a tratar con hombres agresivos y con la policía –y con hombres agresivos que eran además policías–, y confiaba siempre en su instinto sobre situaciones a evitar o de las que huir de inmediato.

Pero un día que estaba sentada a su mesa en la compañía de seguros, tras varias horas al teléfono gestionando renovaciones de pólizas de automóvil, recibió un sms de Said preguntándole si quería quedar con él. Nadia trabajaba con la misma postura encorvada que en sus días de colegiala y seguía haciendo garabatos, como entonces, en los márgenes de los impresos que tenía delante.

A propuesta de Nadia, pues esa noche no había clase, quedaron en un restaurante chino. La familia que lo regentaba antes había llegado a la ciudad recién terminada la segunda guerra mundial y había estado allí durante tres generaciones, pero recientemente había emigrado a Canadá después de traspasar el negocio. Los precios, de todos modos, seguían siendo razonables y la calidad de los platos no había disminuido aún. La zona de comedor tenía un ambiente de fumadero de opio, siempre a media luz, en contraste con otros restaurantes chinos de la ciudad. Su característica iluminación procedía de una especie de farolillos de papel con velas dentro, que en realidad eran de plástico y disponían de unas parpadeantes bombillas que tenían forma de llama.

Nadia había llegado antes y vio entrar a Said y dirigirse hacia su mesa. Como de costumbre, en sus ojos vivaces había una expresión divertida, no burlona, sino como si viera el humor en las cosas, lo cual la divertía a ella también y le despertaba afecto. Nadia se resistió a sonreír, sabiendo que a él no le costaba hacerlo, y, efectivamente, Said sonrió antes de llegar a la mesa. Ella sí le devolvió entonces la sonrisa.

–Me gusta –dijo Said abarcando el entorno con un gesto–. Es medio misterioso. Podríamos estar en cualquier parte, ¿no? Bueno, quiero decir no aquí precisamente.

–¿Has estado alguna vez en el extranjero?

Él negó con la cabeza y dijo:

–Me gustaría.

–Y a mí.

–¿Adónde irías?

Ella se lo quedó mirando un rato.

–A Cuba.

–¿A Cuba? ¿Y por qué?

–No sé. Me hace pensar en música, bonitos edificios antiguos, el mar…

–Suena muy bien.

–¿Y tú? ¿Qué lugar elegirías? Di uno.

–Chile.

–O sea que los dos queremos ir a Latinoamérica.

Él sonrió.

–Al desierto de Atacama –dijo–. El aire allí es muy seco, muy diáfano, y apenas hay gente, casi no hay luces. Y puedes tumbarte boca arriba y contemplar la Vía Láctea, todas las estrellas como si hubieran derramado leche en el cielo. Y las ves moverse lentamente. Porque la Tierra se mueve. Y tienes la sensación de que estás sobre un globo gigantesco que gira en el espacio.

Nadia observó los rasgos de Said. En ese instante mostraban que estaba maravillado, y su aspecto, a pesar de la barba de días, era de muchacho. Le pareció un tipo de hombre bastante peculiar. Un tipo de hombre peculiar y atractivo.

El camarero se acercó para tomar nota. Ni ella ni él pidieron refrescos; prefirieron té y agua. Y cuando llegó la comida ninguno de los dos utilizó palillos chinos, puesto que ambos, al menos cuando se sabían observados, se sentían más cómodos con el tenedor. Pese a cierta incomodidad inicial, o más bien a una timidez disimulada, ambos comprobaron que era fácil hablar con el otro, algo que siempre se agradece en una primera cita formal. Hablaban en voz baja, cuidando de no llamar la atención de los otros comensales. La cena terminó más pronto de lo que deseaban.

Se enfrentaron entonces al problema de todos los jóvenes de la ciudad cuando querían seguir juntos más allá de una determinada hora. Durante el día había parques, jardines, restaurantes y cafeterías, pero de noche, a menos que uno tuviera acceso a un hogar en el que estas cosas estuvieran permitidas y fueran seguras, o que dispusiera uno de coche, había pocos sitios en los que estar a solas. La familia de Said tenía coche, pero lo estaban reparando en el taller, de manera que Said había ido a la cita en moto. Y Nadia tenía casa, pero era complicado en más de un sentido llevar allí a un hombre.

Con todo, decidió invitarlo.

Cuando ella se lo propuso, Said pareció tan sorprendido como excitado.

—No va a pasar nada —le explicó Nadia—. Quiero que quede bien claro. Cuando te digo que vengas, no estoy diciendo que quiero que me pongas las manos encima.

—No, claro.

A él se le había puesto un semblante traumatizado.

Pero Nadia asintió, y aunque sus ojos mostraban afecto, no llegó a sonreír.

Muchos de los espacios abiertos de la ciudad habían sido ocupados por refugiados: había tiendas de campaña en zonas verdes, cobertizos improvisados junto a las paredes divisorias de algunas casas, gente durmiendo al raso en aceras y márgenes. Los había que parecían intentar reproducir los ritmos de una vida normal, como si fuera absolutamente natural que una familia de cuatro miembros residiera bajo una lámina de plástico apuntalada mediante ramas y unos cuantos ladrillos medio rotos. En cambio, otros contemplaban la ciudad con gestos de ira, sorpresa, súplica o envidia. Otros en fin estaban inmóviles: aturdidos tal vez, o descansando. Muriéndose, lo más probable. Cuando hacían un giro, Said y Nadia tenían que estar muy atentos para no pisar una pierna o un brazo.

Mientras conducía su motocicleta rumbo al piso, seguida por Said en su escúter, Nadia se planteó más de una vez si había hecho lo correcto. Pero no cambió de opinión.

En su ruta había dos controles, uno de la policía y otro, más reciente, del ejército. La policía no les hizo el menor caso. Los soldados paraban a todo el mundo. Obligaron a Nadia a quitarse el casco, tal vez pensando que podía ser un hombre disfrazado de mujer, pero al ver que no era así la dejaron pasar.

Nadia tenía alquilada la parte superior de un angosto edificio propiedad de una viuda cuyos hijos y nietos vivían en el extranjero. El edificio en cuestión había sido una casa aislada, pero estaba construido junto a un mercado que, con el tiempo, había acabado por rodearlo. La viuda se había quedado el piso intermedio para ella tras convertir la planta baja en un local comercial donde vendían generadores de emergencia de uso doméstico basados en baterías de coche, y le había dado el piso de arriba a Nadia, quien logró vencer los recelos iniciales de la viuda asegurándole que ella era viuda también y que su marido, un joven oficial de infantería, había muerto en combate, lo cual, para qué negarlo, no era exactamente cierto.

El piso de Nadia consistía en una habitación tipo estudio con una pequeña cocina en un rincón y un cuarto de baño tan reducido que era imposible ducharse sin salpicar la cómoda. Pero tenía una terraza que daba sobre el mercado y que, cuando había electricidad, quedaba bañada por el suave y vibrante resplandor de un enorme rótulo animado que descollaba en las cercanías a mayor gloria de una bebida con gas de cero calorías.

Nadia le dijo a Said que esperara cerca de allí, en un callejón oscuro, mientras ella abría una puerta con reja y entraba en el edificio. Una vez arriba, puso una colcha sobre la cama y metió su ropa sucia en el armario. Luego llenó una pequeña bolsa de plástico, esperó un minuto más y la arrojó por la ventana.

La bolsa aterrizó a los pies de Said con un ruido sordo. Vio que dentro había una llave de repuesto del portal y una de las túnicas negras que utilizaba Nadia. Said se la puso a escondidas sobre la ropa que llevaba, se tapó la cabeza con la capucha y luego, con andares afectados que a ella le hicieron pensar en un actor representando a un ladrón, se llegó hasta la puerta, la abrió con la llave y un minuto después estaba en el piso.

Nadia le indicó que tomara asiento y eligió un disco de una cantante muerta hacía ya tiempo y que en el pasado había sido un icono de un estilo que en su Norteamérica natal llamaban, no sin cierta razón, soul, pues su voz vívida pero ya no viva pareció evocar una tercera presencia en una habitación donde en ese momento no había sino dos, y luego Nadia preguntó a Said si le apetecía un canuto, a lo que él por suerte dijo que sí, ofreciéndose a liarlo.

Mientras Nadia y Said compartían su primer peta, en Tokio, concretamente en el barrio de Shinjuku, donde la medianoche había quedado atrás y por tanto, técnicamente hablando, era ya el día siguiente, un joven tenía en la mano una copa que no había pagado pero que sin embargo merecía. Aquel whisky procedía de Irlanda, un país que no había visitado pero por el cual sentía cierto cariño, quizá porque Irlanda era como el Shikoku de un universo paralelo, no muy distinto en su forma, y volcado también sobre el lado de mar de una isla más grande a un extremo de la inmensa masa continental euroasiática, o quizá debido a una película irlandesa de gángsters que había ido a ver repetidas veces siendo todavía un joven influenciable.

El hombre vestía un traje y una camisa blanca, y en consecuencia no se podía ver si llevaba o no tatuajes en los brazos. Pese a su corpulencia, una vez puesto de pie sus movimientos eran elegantes. Tenía una mirada sobria, inmutable, a pesar del alcohol, y los suyos no eran ojos que atrajeran las miradas de otros. Los demás evitaban su mirada, como tal vez ocurre entre perros de una jauría en estado salvaje, donde la jerarquía viene determinada por una predisposición a la violencia que es intuida por el grupo.

Salió del bar y encendió un cigarrillo. Las señalizaciones hacían brillar el asfalto pero la calle estaba relativamente tranquila. Un par de asalariados borrachos pasaron de largo manteniendo la distancia respecto a él, y poco después una chica de alterne caminando a paso vivo y con la mirada baja. El cielo de Tokio estaba encapotado y las nubes devolvían a la ciudad un reflejo mate encarnado, pero se había levantado brisa, como pudo notar él en sus cabellos y en su piel, una sensación salobre y de frío no intenso. Retuvo el humo en los pulmones y lo fue expulsando despacio. El fluir del viento se lo llevó en volandas.

Le sorprendió oír un ruido a su espalda, pues el callejón que tenía detrás carecía de salida y al dejar el bar no había visto que hubiera nadie. Había mirado, la fuerza de la costumbre, un vistazo rápido pero no somero, antes de darse la vuelta. Ahora había allí dos chicas filipinas, ninguna de las cuales debía de haber cumplido los veinte; estaban junto a una puerta en desuso en la parte trasera del bar, una puerta que siempre estaba cerrada con llave pero que en aquel momento estaba de alguna manera abierta, un pórtico de oscuridad absoluta, como si dentro no hubiera ninguna luz encendida, casi como si ninguna luz pudiera penetrar en el interior. Las chicas vestían de un modo extraño, prendas demasiado finas, tropicales, nada que ver con lo que normalmente llevan las filipinas en Tokio, ni con lo que lleva cualquiera en esa época del año. Una de ellas había volcado una botella vacía de cerveza, que rodaba ahora con un ruido agudo, dibujando un arco a medida que se alejaba.

Las chicas no le miraron. Tuvo la sensación de que no sabían qué pensar de él. Hablaron en voz queda al pasar de largo, palabras ininteligibles, pero le pareció que sonaba a tagalo. Se las veía emocionadas: tal vez de entusiasmo, tal vez de miedo, quizá ambas cosas. De todos modos, pensó el hombre, con las mujeres era difícil saberlo. Estaban en el territorio de él. No era la primera vez en esa semana que veía a un grupo de filipinos con cara de despistados en aquella zona de la ciudad. Los filipinos le caían mal. Tenían su sitio, pero tenían que saber cuál era su sitio. Cuando iba al instituto había en su clase un chico medio filipino al que había pegado bastantes veces, una de ellas le dio tal paliza que podrían haberlo expulsado si alguien se hubiera atrevido a decir quién había sido el autor.

Se quedó mirando a las chicas y reflexionó.

Finalmente echó a andar detrás de ellas, toqueteando mientras tanto el objeto metálico que llevaba en el bolsillo.

En tiempos de violencia, siempre hay ese primer conocido o íntimo nuestro que, cuando le toca recibir, hace que lo que hasta entonces parecía solo una pesadilla se torne, de repente, aniquiladoramente real. Para Nadia, esa persona era su primo, un hombre de notables determinación e intelecto que ni siquiera de joven había prestado mucha atención a jugar, que solo parecía reír muy de cuando en cuando, que había ganado medallas en la escuela y había decidido ser médico, que había emigrado y le había ido bien, que volvía una vez al año para ver a sus padres y que, junto con otras ochenta y cinco personas, fue hecho literalmente trizas por un camión bomba. Las de mayor tamaño, en el caso del primo de Nadia, fueron una cabeza y dos terceras partes de un brazo.

Nadia no supo de la muerte de su primo con tiempo suficiente para asistir a su funeral y no fue a visitar a sus familiares, pero no por falta de sentimientos sino más bien por no causarles una molestia. Tenía pensado ir a ver la tumba ella sola, pero Said la había llamado, y al notar sus prolongados silencios había querido saber qué le pasaba; ella se lo había explicado, más o menos, y él se había ofrecido a acompañarla, insistiendo sin insistir, cosa que a ella curiosamente le supuso un alivio. De modo que a la mañana siguiente, muy temprano, fueron juntos allí y vieron el pequeño montículo de tierra recién removida, engalanado con flores, que cubría los restos parciales del primo. Said rezó. Nadia no pronunció oración alguna ni esparció pétalos de rosa, pero se arrodilló, puso la palma de la mano sobre el montículo, que estaba húmedo pues no hacía mucho rato había pasado por allí un empleado del cementerio con una regadera, y cerró los ojos durante un buen rato, mientras se oía pasar un avión de pasajeros camino del cercano aeropuerto.

Desayunaron en un bar, café y un poco de pan con mantequilla y mermelada, y ella se puso a hablar, pero no de su primo. Said parecía muy presente, a gusto estando allí aquella extraña mañana, oyéndola hablar pero no de lo que parecía más lógico, y Nadia sintió que su relación experimentaba un cambio, que en cierta manera ganaba en solidez. Luego ella se fue a la compañía de seguros donde trabajaba y estuvo ocupada con pólizas de flota de vehículos hasta el mediodía. Su tono de voz fue en todo momento serio y formal. Las personas con las que hablaba por teléfono solo raramente decían cosas inapropiadas o le pedían su número privado. En este último caso, ella les decía que no.

Nadia había estado saliendo con un músico. Se habían conocido en un concierto –más bien una jam session–, con cincuenta o sesenta personas apretujadas en la sala insonorizada de un estudio de grabación especializado cada vez más en trabajos para la televisión, ya que el negocio de la música local, tanto por motivos de seguridad como de piratería, pasaba por un mal momento. Ella, como ya entonces tenía por costumbre, se había puesto su túnica negra, bien ceñida al cuello, y él, como tenía también por costumbre, llevaba una camiseta una talla demasiado pequeña y por tanto pegada a sus flacos pecho y abdomen, y ella le había mirado y él había caminado a su alrededor y esa noche fueron a casa del músico, donde ella se quitó de encima el peso de la virginidad con cierta confusión pero sin grandes aspavientos.

Casi nunca hablaban por teléfono y se veían muy de tanto en tanto; ella sospechaba que el músico tenía muchas amigas, pero no quiso preguntar. Le agradaba que él se sintiera a gusto con su propio cuerpo, y su desvergonzada actitud para con ella, y el ritmo y la cadencia de su toque, y su belleza, esa belleza animal, y el placer que conseguía provocar en ella. Suponía que él no la tenía apenas en cuenta, pero en eso se equivocaba, pues el músico estaba bastante chiflado por Nadia, contrariamente a lo que ella pensaba, pero el orgullo y un poco de miedo, y también su estilo, le impedían pedirle más de lo que ella estaba dispuesta a ofrecer. Con el tiempo se lo reprochó a sí mismo, pero tampoco demasiado, y eso que a partir de su último encuentro no dejaría de pensar en ella hasta la muerte, que acaeció, si bien ninguno de los dos podía saberlo entonces, apenas unos meses más tarde.

Al principio, Nadia pensó que no había necesidad de despedirse, que decir adiós entrañaba una cierta presunción, pero luego experimentó un poco de tristeza y supo que necesitaba decirle adiós, no por él, pues dudaba de que a él le importara, sino por ella. Y como sus conversaciones telefónicas eran más bien aburridas y un sms le parecía demasiado impersonal, decidió hacerlo cara a cara, en un lugar público y al aire libre, no en el húmedo y revuelto piso del músico, donde ella no se sentía del todo segura, pero cuando se lo propuso él la invitó a subir, «por última vez», y aunque ella quería decirle que no, finalmente dijo que sí, e hicieron el amor con la pasión que corresponde a una despedida y lo pasaron, cosa que no era ninguna sorpresa, sorprendentemente bien.

Años más tarde, Nadia se preguntaría más de una vez qué había sido de él, y nunca llegaría a saberlo.

Al día siguiente, por la tarde, el cielo se pobló de helicópteros como aves asustadas por un tiroteo, o por un hachazo en la base del árbol donde hubieran estado posadas. Alzaron el vuelo, de a uno y de a dos, y se desperdigaron sobre la ciudad en el crepúsculo rojizo mientras el sol se hundía bajo el horizonte, y el zumbido de los rotores resonó en ventanas y callejones, pareciendo comprimir el aire que dejaban al ascender, como si cada helicóptero estuviera subido a una columna invisible, un invisible cilindro respirable, aquellas extrañas esculturas ornitológicas en movimiento, las unas delgadas, con la cúpula de cabina del piloto y del artillero a diferente altura, y las otras gordas, repletas de soldados, tronchando y tronchando el cielo con sus hélices.

Said los observó desde el balcón en compañía de sus padres. Nadia lo hizo a solas, desde su tejado.

Con la portezuela abierta, un joven soldado contemplaba desde lo alto la ciudad, una ciudad que no le era especialmente familiar pues él se había criado en el campo, y le sorprendió ver cuán grande era, cuán imponentes sus altos edificios y cuán exuberantes sus jardines. El ruido era ensordecedor, y sintió un vahído en el estómago cuando el helicóptero viró bruscamente.

En aquel entonces, Nadia y Said siempre llevaban el teléfono encima. Sus teléfonos estaban provistos de antenas, y dichas antenas olfateaban un mundo invisible como por arte de magia, un mundo que estaba al mismo tiempo en todas partes, a su alrededor, y en ninguna, transportándolos a lugares tanto lejanos como cercanos y a lugares que no habían existido ni existirían jamás. Durante muchos decenios a partir de la independencia, una línea telefónica había sido algo insólito en su ciudad, la lista de espera para conseguir conexión larguísima, y los operarios que instalaban los hilos de cobre y entregaban aquellos pesados aparatos eran venerados como héroes. Ahora, sin embargo, pululaban varitas mágicas por toda la ciudad, libres de alambres y otras ataduras, teléfonos a millones, y conseguir un número era sencillo, rápido y barato.

Said se resistía un poco a la atracción del teléfono. La antena le parecía demasiado poderosa, la magia que invocaba demasiado hipnotizadora, como si estuviera zampándose un banquete de infinitos platos, atiborrándose hasta sentirse mareado y con náuseas, así que había borrado u ocultado o restringido todas las aplicaciones salvo unas pocas. Su teléfono podía hacer llamadas. Su teléfono podía enviar mensajes. Su teléfono podía hacer fotos, identificar cuerpos celestes, transformar la ciudad en un mapa mientras él conducía. Pero eso era todo. Prácticamente. Salvo cuando habilitaba el navegador de su teléfono y se perdía, durante una hora cada noche, por los vericuetos de internet. Pero tenía bien controlada esa hora, transcurrida la cual se disparaba una alarma, un suave tintineo como salido del ventoso planeta de una iridiscente sacerdotisa de ciencia ficción, y luego encerraba el navegador bajo llave electrónica y no volvía a utilizarlo hasta la noche siguiente.

Aun así, ese teléfono con las alas cortadas, ese teléfono despojado de gran parte de su potencial, le permitió acceder a la existencia privada de Nadia, al principio con indecisión y luego con mayor frecuencia, a cualquier hora del día o de la noche; le permitía introducirse en sus pensamientos mientras ella se secaba al salir de la ducha, mientras cenaba a solas, mientras estaba en la oficina trabajando de firme, mientras estaba sentada en el váter después de vaciar la vejiga. La hizo reír una vez, y después otra y otra más, e hizo que le ardiera la piel y se agitara su respiración con los sorprendidos inicios de la calentura, se volvió presente sin estar presente, y ella otro tanto para él. Al poco tiempo se había establecido un ritmo, y a partir de entonces era raro el día en que pasaran varias horas sin que hubiera contacto entre ellos, y en aquellos primeros días de su historia de amor ambos se sentían ávidos, se tocaban, pero sin contigüidad corporal, sin descarga. Habían empezado a ser penetrados, tanto él como ella, pero no se habían besado todavía.

A diferencia de Said, Nadia no consideraba necesario limitar las posibilidades de su teléfono. Le hacía compañía en las largas tardes después del trabajo, como a tantísimos jóvenes de la ciudad varados en sus respectivos hogares, y Nadia recurría al suyo en noches por lo demás solitarias y estacionarias. Veía caer bombas, mujeres haciendo gimnasia, hombres copulando, tormentas formándose en el cielo, olas lamiendo la arena con el tacto áspero de otras tantas lenguas mortales, provisionales, evanescentes, lenguas de un planeta que, también, dejaría un día de existir.

Nadia exploraba a menudo el territorio de las redes sociales, aunque no solía dejar apenas rastro, casi nunca subía un post y utilizaba avatares y nombres de usuario opacos, el equivalente de sus túnicas negras. Fue a través de una red social como Nadia encargó los hongos alucinógenos que Said y ella tomarían la noche en que intimaron físicamente por primera vez; entonces aún era posible hacerse enviar hongos alucinógenos y pagar contra reembolso. La policía local y las agencias antidroga se centraban en otras sustancias, sustancias de mayor demanda, y a quienes los desconocían, los hongos, ya fueran alucinógenos o simples champiñones, les parecían todos iguales e inocuos hasta cierto punto, cosa de la que se aprovechaba un hombre de mediana edad y cola de caballo que tenía un pequeño negocio adicional especializado en ingredientes raros para chefs y sibaritas, aunque sus numerosos seguidores en el ciberespacio eran sobre todo los jóvenes.

Al cabo de unos meses el hombre de la coleta sería decapitado, cortando por la nuca, con un cuchillo de sierra a fin de incrementar el sufrimiento, y su descabezado cuerpo atado por un tobillo a una torre de alta tensión, donde quedó bamboleándose hasta que el cordón de zapato que su verdugo utilizó a modo de soga acabó pudriéndose y se rompió, pues nadie había osado cortarlo para bajarlo de allí.

Incluso ahora, sin embargo, el despreocupado mundo virtual de la ciudad contrastaba en gran manera con la vida cotidiana de la gente, con la de los jóvenes, ellos pero especialmente ellas, y sobre todo con la de los niños que se iban a la cama sin cenar pero que en una pantallita podían ver a gente de países extranjeros preparar y consumir comida, incluso organizar peleas de comida, con banquetes de tal opulencia que el hecho mismo de que existieran lo dejaba a uno patidifuso.

En internet había sexo, seguridad, abundancia y glamour. En la calle, el día antes de que llegasen los hongos que Nadia había encargado, un tipo fornido que estaba parado a altas horas de la noche frente al semáforo en rojo de un cruce desierto se volvió hacia Nadia y la saludó, y como ella hiciera caso omiso, empezó a insultarla, diciendo que solo las putas iban en moto, que si no se había enterado de que montar como lo hacía ella, a horcajadas, era una obscenidad, que si había visto a alguna otra mujer montando así, que quién se había creído que era, y lanzándole improperios con tal ferocidad que Nadia pensó que iba a pegarle, y a todo esto sin perder la compostura, mirando al hombre, la visera bajada y el corazón a mil, pero con las manos bien cerradas en torno al embrague y el gas, lista para salir disparada, seguramente más rápido que él con su escúter más bien destartalado, hasta que el hombre meneó disgustado la cabeza y arrancó lanzando una especie de sorda exclamación, que igual podría haber sido de cólera como de angustia.

Los hongos alucinógenos llegaron a primera hora de la mañana a la oficina de Nadia. El mensajero de uniforme no tenía la menor idea de lo que contenía el paquete que Nadia estaba pagando y firmando, aparte de que constaba como material alimenticio. Aproximadamente a la misma hora, un grupo de militantes estaba tomando el edificio de la Bolsa. Nadia y sus compañeros de trabajo pasaron buena parte del día mirando el televisor que había junto al dispensador de agua fría, pero a media tarde, y habiendo decidido el ejército que cualquier riesgo para los rehenes era menor que el riesgo para la seguridad nacional si permitían que continuase aquel espectáculo tan mediático como nefasto para la moral de los ciudadanos, el edificio fue asaltado con el máximo de efectivos y los militantes aniquilados; los primeros cálculos situaban el número de trabajadores muertos en algo menos de un centenar.

Nadia y Said habían estado intercambiando mensajes durante el incidente, y en un principio creyeron preferible cancelar el encuentro que tenían previsto para aquella noche, la segunda vez que ella lo invitaba a su casa, pero en vista de que las autoridades no anunciaban un toque de queda, para gran sorpresa de la ciudadanía, queriendo probablemente transmitir la sensación de que lo tenían todo controlado, tanto Nadia como Said se sintieron inquietos y ansiosos por estar juntos, de modo que al final decidieron verse.

El coche de los padres de Said ya estaba reparado, así que esta vez no cogió el escúter para ir a casa de Nadia, y conducir un vehículo cerrado le hizo sentirse menos vulnerable. Pero, zigzagueando entre el tráfico, Said rayó con el retrovisor lateral la puerta de un flamante todoterreno negro, el vehículo de algún industrial o algún pez gordo, más caro que una casa entera, y Said se preparó para una avalancha de gritos, incluso una paliza, pero el guardia de seguridad que se apeó por el lado del acompañante del todoterreno, rifle de asalto apuntando al cielo, apenas le dirigió a Said una mirada serena pero feroz antes de decirle que volviera a montar, y finalmente el todoterreno se alejó, señal de que su dueño, esa noche al menos, no deseaba entretenerse.

Said aparcó en la esquina de la calle de Nadia, envió un mensaje diciendo que había llegado, esperó a oír el golpe seco de la bolsa de plástico, se puso la túnica que había dentro, entró en el edificio y subió a toda prisa, tal como había hecho la otra vez, solo que en esta ocasión él también llevaba bolsas consigo, bolsas de pollo y cordero con salsa barbacoa y un pan caliente, recién hecho. Nadia cogió la comida y la metió en el horno para que se mantuviera caliente, precaución que no iba a servir de nada, pues no hicieron caso de la cena hasta que ya despuntaba el día.

Nadia llevó a Said afuera. Había colocado un cojín largo, cuya funda estaba tejida como una alfombra, en el suelo de la terraza y fue a sentarse en él con la espalda pegada al parapeto, indicando a Said que hiciera lo mismo. Al sentarse, él notó el muslo firme de ella contra el suyo propio, y otro tanto ella el de él, también firme.

–¿No te quitas eso? –dijo Nadia.

Se refería al hábito negro. Said había olvidado que lo llevaba puesto. Se miró y luego la miró a ella, sonrió y dijo:

–Tú primero.

Ella se rió.

–Bueno, los dos a la vez.

–De acuerdo.

Se levantaron del cojín y se quitaron las túnicas, uno frente al otro. Debajo, ambos llevaban jeans y jersey, pues la noche era fresca, y el jersey de Said era marrón y holgado mientras que el de Nadia era beis y le ceñía el torso como una segunda piel. Él, caballeroso, trató de no fijarse demasiado en el cuerpo de ella, manteniendo fijos los ojos en los de Nadia, pero lógicamente, como acostumbra a pasar en tales circunstancias, él no estaba seguro de si lo había logrado o no, puesto que la mirada propia es un fenómeno no del todo consciente.

Volvieron a sentarse y ella apoyó el puño, palma arriba, en su propio muslo y luego lo abrió.

—¿Alguna vez has tomado hongos psicodélicos? —dijo.

Hablaron en voz queda bajo las nubes, viendo de vez en cuando un tajo de luna o de oscuridad, pues por lo demás solo había turbulentas olas de gris sobre el resplandor urbano. Al principio todo fue muy normal, hasta el punto de que Said se preguntó si ella no le estaría tomando el pelo, o si le habrían colocado una porquería de material. Luego dedujo que, por algún capricho de la biología o la psicología, él era sencilla y desafortunadamente refractario al efecto que se suponía que debían causar aquellos hongos.

De ahí que le pillara desprevenido la sensación de sobrecogimiento que le invadió después, la maravillada extrañeza con que contempló su propia piel, el limonero que Nadia tenía en su terraza, alto como el propio Said y bien arraigado en la tierra de su maceta, tierra que a la vez tenía sus raíces en la arcilla del tiesto, el cual descansaba sobre los ladrillos de la terraza, la cual era como la cima del edificio en que se hallaban, que a su vez crecía de la tierra misma, y desde esa montaña terrosa el limonero alzaba sus ramas hacia el cielo en un gesto tan bello que Said se sintió embargado de amor y entonces pensó en sus padres, hacia los cuales experimentó una repentina gratitud y un gran deseo de paz, paz para todo el mundo y todas las cosas, porque somos muy frágiles, y hermosos también, y seguro que los conflictos se solucionarían si la gente tuviera este tipo de experiencias, y entonces miró a Nadia y vio que ella lo estaba mirando a él, y sus ojos eran como dos mundos.

No se tocaron las manos hasta que Said, horas más tarde, hubo recuperado, si no un punto de vista normal, pues sospechaba que el concepto de normal no volvería a ser nunca más el mismo, sí al menos algo parecido a lo que era antes de ingerir aquellos hongos, y cuando se tomaron de las manos fue el uno frente al otro, sentados, las muñecas apoyadas en las rodillas, las rodillas casi tocándose, y entonces él se inclinó hacia delante y ella se inclinó hacia delante y ella sonrió y se besaron y vieron que el día ya despuntaba y que sin el amparo de la oscuridad alguien podía verlos desde otro tejado, de modo que volvieron adentro y se comieron la cena fría, solo una parte en realidad, y el sabor les pareció muy fuerte.

Como su teléfono se había quedado sin batería, Said lo cargó en el coche de sus padres, aprovechando una batería recargable que llevaba en la guantera. Al encenderse otra vez, empezaron a sonar pitidos: llamadas perdidas, y angustiadas, de sus padres, mensajes de terror al ver que su hijo no había regresado aquella noche, una noche en la que gran cantidad de hijos no volvieron a casa de sus padres.

Al llegar Said, su padre se fue a acostar y en el espejo del dormitorio vio reflejado a un hombre repentinamente mucho mayor, y la madre sintió tal alivio al ver regresar a su hijo que, por un momento, pensó en darle un bofetón.

Nadia no tenía ganas de dormir, así que fue a darse una ducha. El agua salía helada debido a que el suministro de gas en el calentador era intermitente. Desnuda como su madre la había parido, se puso unos vaqueros, una camiseta y el jersey, como hacía cuando estaba en casa sola, y a continuación la túnica, lista para resistirse a las tentaciones del mundo. Después salió a dar un paseo por un parque cercano que, a esa hora, probablemente estaría vacío de yonquis mañaneros y de homosexuales que habían salido de sus casas con más tiempo del necesario para llevar a cabo los recados que habían dicho que tenían que hacer.

Aquel mismo día, cuando el sol se había ocultado ya bajo el horizonte en la ciudad de Nadia, era por la mañana en La Jolla, un barrio de San Diego, California, donde un hombre ya mayor vivía a orillas del mar, o, mejor dicho, en un risco con vistas al Pacífico. Los electrodomésticos de su casa eran viejos pero meticulosamente bien cuidados, lo mismo que el jardín, poblado por mezquites y sauces del desierto y exuberantes plantas que habían visto épocas mejores pero estaban vivas todavía y, en su mayoría, libres de añublo.

El viejo había servido en la armada durante una de las guerras largas y sentía respeto por el uniforme, así como por aquellos jóvenes que habían establecido un perímetro alrededor de la propiedad, mientras él los observaba, en la calle con su oficial al mando. Le recordaron a cuando él tenía esa edad y la misma fortaleza y agilidad de movimientos que ellos, la misma determinación y la misma sensación de formar parte de un grupo, aquel vínculo que sus amigos y él solían decir que era fraternal, aunque en cierto modo era más fuerte que el de los hermanos, o al menos que el que el viejo tenía con su propio hermano, el hermano pequeño, que había muerto aquella primavera de un cáncer de garganta que lo había dejado enclenque como una niña, hermano que durante años no se había hablado con el viejo y que cuando este fue a verlo al hospital ya no podía hablar, solamente mirar, y en sus ojos se veía más cansancio que miedo, ojos valientes de un hermano pequeño que, hasta entonces, el viejo nunca había considerado valiente.

El oficial no tenía tiempo para el viejo pero sí para su edad y su hoja de servicios, de modo que le permitió quedarse un rato por allí antes de decirle, con una educada inclinación de cabeza, que quizá sería mejor que se marchara.

El viejo preguntó al oficial si los que habían pasado eran mexicanos o bien musulmanes, porque él no estaba seguro, a lo que el oficial le dijo que sintiéndolo mucho no podía contestarle. Así pues, el viejo guardó silencio y al poco rato el oficial tuvo que dejarle ya que estaban desviando coches hacia otras direcciones, y vecinos ricos que habían comprado sus fincas en tiempos más recientes miraban desde las ventanas que daban a la calle, y al final el viejo preguntó si podía echar una mano.

Se sintió repentinamente como un niño, al hacer esa pregunta. El oficial era lo bastante joven para ser su nieto.

El oficial le dijo que ya le avisarían.

«Ya te avisaré»: eso era lo que el padre del viejo solía decirle cuando de pequeño se ponía pesado. Y en cierta manera el oficial se parecía un poco al padre del viejo, o en todo caso más al padre que al propio viejo, como su padre cuando él mismo era apenas un niño.

El oficial le dijo al viejo que, si quería, podía ordenar que lo dejaran en casa de alguien, de unos parientes o algún amigo.

El invierno acababa de empezar y era un día soleado y sin nubes, casi hacía calor. Allá abajo los surfers se adentraban en el agua con sus trajes de neopreno. Sobre el mar, en lo alto y a lo lejos, aviones de transporte grises hacían cola para tomar tierra en Coronado.

El viejo se preguntó adónde ir, y pensando en ello cayó en la cuenta de que no había un solo sitio al que pudiera acudir.

Tras el asalto a la sede de la Bolsa en la ciudad de Said y Nadia, parecía que los militantes habían cambiado de estrategia y ganado confianza, y en vez de limitarse a detonar una bomba aquí o a organizar un tiroteo allá, empezaron a ocupar territorio por toda la ciudad, unas veces un edificio, otras todo un barrio, normalmente durante varias horas, pero en ocasiones días enteros. Seguía siendo un misterio cómo llegaban tantos y tan rápidamente desde sus bastiones en las montañas, pero la ciudad era grande y estaba en expansión, y no era posible desconectarla del campo circundante. Además, se sabía que los militantes contaban con numerosos simpatizantes en el interior.

El toque de queda que los padres de Said se temían llegó finalmente y se hizo cumplir con todas las de la ley, no eran solo controles protegidos con sacos terreros y proliferación de alambradas, sino también obuses y vehículos de combate de infantería y tanques que, con sus torretas provistas de blindaje reactivo, recordaban a percebes rectangulares. Said fue a orar en compañía de su padre el viernes siguiente a la imposición del toque de queda. Said rezó por la paz y el padre de Said rezó por Said, y el predicador en su sermón instó a los fieles a rezar para que los justos saliesen vencedores de la guerra, pero tuvo cuidado de no especificar en qué bando del conflicto pensaba él que estaban los justos.

Volviendo a pie al campus mientras su hijo regresaba en coche al trabajo, el padre de Said pensó que se había equivocado de carrera, que debería haber hecho algo más porque de ese modo habría tenido dinero suficiente para mandar a Said al extranjero. Quizá había sido egoísta, quizá su idea de ayudar a la juventud y al país enseñando e investigando no fue sino una forma de vanidad por su parte, y lo más correcto habría sido buscar la riqueza a toda costa.

La madre de Said oró en casa, empeñada desde hacía poco en no saltarse ninguna de sus oraciones, pero ella insistía en afirmar que nada había cambiado, que la ciudad había pasado anteriormente por crisis parecidas, aunque no podía decir cuándo, y que tanto la prensa local como los medios extranjeros exageraban el peligro. Sin embargo, le estaba costando dormir y había conseguido que la farmacéutica, una mujer que a ella le constaba que no se iba de la lengua, le proporcionara un sedante para tomarlo a escondidas antes de acostarse.

En la oficina de Said había poco trabajo pese a que tres de sus compañeros habían dejado de aparecer por allí y debería haber habido más faena para los que sí estaban en la oficina. Las conversaciones versaban principalmente sobre teorías de la conspiración, el estado de los combates y cómo salir del país; y sobre los visados: antes ya costaba mucho conseguir uno y ahora era prácticamente imposible, al menos para gente con pocos recursos; así pues, quedaba descartado viajar en avión o en barco, y se hablaba una y otra vez de las ventajas relativas, o más bien los peligros, de las diversas rutas por tierra firme, que eran objeto de conjeturas y analizadas a fondo.

Algo parecido sucedía en el lugar de trabajo de Nadia, con el intrigante añadido de que su jefe —y el jefe de su jefe— se contaba entre los que supuestamente habrían huido al extranjero, pues ninguno de los dos había vuelto de sus vacaciones como estaba previsto. Sus despachos estaban vacíos tras los tabiques de cristal a proa y popa de la planta rectangular —en uno de ellos un traje abandonado colgaba de un perchero en su guardapolvo—, mientras que las hileras de mesas sin tabiques separadores que había entre ambos permanecían ocupadas en general, incluida la mesa de Nadia, a quien se veía hablar con frecuencia por teléfono.

Nadia y Said empezaron a quedar durante el día, normalmente para comer en una hamburguesería barata equidistante de sus lugares de trabajo, porque en la parte del fondo había bancos un poco apartados de la vista. Se tomaban de las manos por debajo de la mesa, y él a veces le acariciaba el interior de los muslos y ella ponía la palma de la mano sobre la bragueta del pantalón de él, pero apenas un momento y muy raras veces, aprovechando que los camareros y los otros comensales parecían no mirarles, y de esta manera se torturaban el uno al otro puesto que estaba prohibido desplazarse entre la puesta de sol y el amanecer, lo cual significaba que no podían estar a solas a menos que Said se quedara toda la noche, algo que ella consideraba un paso que merecía la pena dar, pero que él creía que era preferible postergar, en parte, decía, porque no sabía qué excusa poner a sus padres y en parte por temor a dejarlos solos.

Se comunicaban principalmente por teléfono, un mensaje aquí, un enlace a un artículo allá, una imagen compartida de uno de los dos en el trabajo o en casa, frente a una ventana al ponerse el sol o mientras soplaba brisa o haciendo una mueca divertida.

Said estaba seguro de que aquello era amor. Nadia no estaba segura de lo que sentía, pero sí de que era algo muy fuerte. Las circunstancias dramáticas, como las que ellos y otras parejas nuevas estaban viviendo ahora en la ciudad, suelen dar pie a sentimientos dramáticos, y por si fuera poco el toque de queda confería a todo ello una impresión como de relación de larga distancia, y ya se sabe que las relaciones a larga distancia agudizan muchas veces la pasión, al menos durante un tiempo, del mismo modo que ayunar hace que uno aprecie mucho más los alimentos.

Pasaron los dos primeros fines de semana del toque de queda sin poder verse; combates aislados primero en el barrio de Said y después en el de Nadia hacían imposible moverse, y Said envió por teléfono a Nadia un chiste popular que decía que los militantes tenían buenas intenciones pues solo deseaban asegurarse de que la población descansara como es debido en sus días de asueto. En ambas ocasiones las fuerzas armadas ordenaron ataques aéreos; la ventana del cuarto de baño de Said reventó mientras él estaba en la ducha, y la terraza de Nadia y su limonero temblaron como si hubiera un terremoto mientras ella estaba sentada fumando un canuto. Cazabombarderos surcaban el cielo con un ruido chirriante.

Pero el tercer fin de semana hubo una tregua y Said fue a ver a Nadia. Quedaron en un bar cercano a su casa, pues tirar una bolsa con la túnica a plena luz del día era muy arriesgado, como lo sería para él ponérsela en medio de la calle, de modo que Said lo hizo en los aseos del bar mientras ella pagaba la consumición y luego, con la cabeza cubierta y la mirada baja, la siguió hasta su edificio. Una vez arriba y dentro del piso, no tardaron en meterse en la cama casi desnudos los dos, y tras mucho placer pero también con una demora un tanto excesiva por parte de él, a juicio de ella, Nadia le preguntó si había traído un condón. Said tomó la cara de ella entre sus manos y dijo:

—Creo que no deberíamos hacerlo hasta estar casados.

Y ella rió y se arrimó más a él.

Y él meneó la cabeza.

Y ella entonces se lo quedó mirando y dijo:

—¿Me tomas el pelo o qué?

Durante un segundo Nadia sintió una furia incontenible, pero luego, al mirar a Said, le pareció que estaba casi literalmente muerto de vergüenza y algo se aflojó en ella, y consiguió sonreír y se abrazó a él, para torturarlo y ponerlo a prueba, y se oyó decir, sorprendida:

—Está bien. Ya iremos viendo.

Horas después, mientras estaban acostados escuchando un viejo y bastante rayado elepé de bossa nova, Said le enseñó en su teléfono imágenes nocturnas que un fotógrafo francés había tomado de ciudades famosas iluminadas únicamente por el resplandor de las estrellas.

—Pero ¿cómo se lo hizo para que todo el mundo apagara la luz? —preguntó Nadia.

—No fue así —dijo él—. Solo eliminó la iluminación, creo que por ordenador.

—Y dejó las estrellas…

—No, porque sobre estas ciudades casi no se ven. Lo mismo que aquí. Tuvo que ir a lugares desiertos, sitios sin luces humanas. Para hacer el cielo de cada ciudad, fue hasta un lugar desierto mucho más al norte, o al sur, pero aproximadamente en la misma latitud, o sea el mismo lugar en que la ciudad estaría unas horas después, por la rotación terrestre, y una vez allí enfocaba en la misma dirección.

—¿Para tener el mismo cielo que la ciudad habría tenido si la oscuridad fuera total?

—El mismo cielo, pero a una hora distinta.

Nadia trató de entenderlo. Eran de una belleza casi dolorosa, aquellas ciudades espectrales —Nueva York, Río, Shanghái, París— bajo la mácula estelar. Las imágenes sugerían una época anterior a la electricidad, pero con edificios de ahora. Si le hubieran preguntado no habría sabido decir si eran del pasado, del presente o del futuro.

En días sucesivos pareció que la gran demostración de fuerza por parte del gobierno estaba dando sus frutos. No había combates importantes en la ciudad, y se rumoreaba incluso que iban a levantar el toque de queda.

Pero de la noche a la mañana todos los teléfonos móviles de la ciudad se quedaron sin señal, como si alguien hubiera accionado un interruptor. La televisión y la radio emitieron un comunicado del gobierno al respecto, diciendo que se trataba de una medida antiterrorista temporal, pero sin fecha de caducidad. La conexión a internet había sido suprimida también.

Nadia no tenía teléfono fijo en su piso. El fijo de Said no funcionaba desde hacía meses. Privados del acceso al otro y al mundo en general que les proporcionaban sus respectivos móviles, y recluidos en sus casas por el toque de queda nocturno, Nadia y Said, y tantísimos otros, se sintieron encerrados y solos y mucho más asustados.

Las clases nocturnas a las que Said y Nadia asistían habían concluido con la llegada de los primeros episodios invernales de densa contaminación atmosférica, y, en cualquier caso, el toque de queda habría hecho inviable aquel tipo de cursos. Ninguno de los dos había estado en la oficina del otro, de modo que no sabían dónde localizarse durante el día, y sin los teléfonos y sin internet no era fácil restablecer el contacto. Como murciélagos que hubiesen perdido la capacidad de orientarse mediante sus oídos, no podían localizar cosas en la oscuridad. Un día después de quedarse sin señal en el teléfono, Said fue a la hamburguesería donde solían almorzar juntos, pero Nadia no apareció, y al día siguiente, cuando volvió a probar, el local estaba cerrado; podía ser que el dueño hubiera huido de la ciudad, o que hubiera desaparecido sin más.

Said sabía que Nadia trabajaba en una compañía de seguros, y desde su oficina llamó a centralita para pedir nombres y números de teléfono de compañías de seguros. Llamó a muchas de ellas, preguntando por Nadia. El proceso se eternizó, pues la compañía de teléfonos no daba abasto con tanta llamada, aparte de que estaban reparando infraestructuras que habían resultado dañadas en los combates, motivo por el que el teléfono fijo de la oficina de Said funcionara solo a ratos, y cuando funcionaba pocas veces conseguía Said hablar con una operadora, operadora que solo tenía autorización para dar dos números por llamada –pese a las desesperadas súplicas de Said, súplicas desesperadas que aquellos días eran moneda corriente–, y cuando por fin Said conseguía dos nuevos números con los que probar suerte, la mayoría de las veces uno de los dos, o los dos, no estaban disponibles un día determinado y tenía que volver a llamar y llamar y llamar.

Nadia aprovechaba la hora del almuerzo para ir corriendo a casa y hacer acopio de provisiones. Compraba harina y arroz, nueces y frutos secos, aceite, leche en polvo y carne curada y pescado en salmuera, todo ello a unos precios exorbitantes, y los brazos le dolían del esfuerzo de subir las cosas hasta su piso, lo que suponía varios viajes. Ella era más de comer verduras, pero la gente decía que el truco estaba en acumular tantas calorías como fuera posible, por lo que alimentos como las hortalizas, que ocupaban mucho para la cantidad de energía que podían aportar, además de su tendencia a corromperse, eran menos útiles. Pero las tiendas que había cerca no tardaron en agotar el género, hortalizas incluidas, y cuando el gobierno dictaminó que ninguna persona podía comprar más de una cierta cantidad por día, Nadia, como muchos otros, sintió pánico y alivio a la vez.

Llegado el fin de semana fue muy temprano a su banco y se puso en la cola, que incluso a esa hora era ya bastante larga, esperando a que abrieran. Pero la cola se rompió al abrir sus puertas la sucursal y Nadia no tuvo más remedio que empujar como todos los demás, y en medio de la muchedumbre desbocada alguien la tocó por detrás, le metió la mano entre las nalgas, hacia abajo, e intentó penetrarla con el dedo sin llegar a conseguirlo, pues debía traspasar la tela de la túnica, la de los vaqueros y la de la ropa interior, aunque a punto estuvo de conseguirlo, dadas las circunstancias, empleando una fuerza increíble mientras ella permanecía rodeada de cuerpos por todas partes, incapaz de moverse o de levantar siquiera las manos, y tan aturdida que no podía gritar ni hablar siquiera, pendiente de mantener los muslos pegados y la mandíbula prieta, la boca cerrada como por un automatismo casi fisiológico, una cosa instintiva, todo su cuerpo volviéndose hermético, y luego la multitud avanzó y el dedo dejó de empujar y al poco rato unos barbudos separaron a hombres de mujeres y ella se quedó en el grupo de las mujeres y no le tocó ventanilla hasta pasado el mediodía. Sacó todo el dinero que estaba permitido sacar, se lo escondió por donde pudo, en el cuerpo y en las botas, metiendo apenas un poco en el bolso, y fue a una oficina de cambio para convertir parte del dinero en dólares y euros y después a un joyero para convertir el resto en unas pocas monedas de oro muy pequeñas, a todo esto sin dejar de volver la cabeza para asegurarse de que no la seguían, y cuando estaba llegando a su casa vio que había un hombre en el portal, buscándola a ella, y al verlo hizo acopio de valor y contuvo el llanto pese a que estaba dolorida y asustada y furiosa, y el hombre, que llevaba muchas horas esperando allí, era Said.

Nadia le hizo subir, olvidando que podían verlos, o quizá no le importaba, y por una vez no se tomó la molestia de proporcionarle una túnica, y ya en el piso preparó té para los dos, las manos temblorosas, el habla impedida. La avergonzaba y la ponía furiosa alegrarse tanto de ver a Said, y pensó que en cualquier momento podía gritarle, y viendo lo afectada que estaba, él no dijo nada y se puso a abrir las bolsas que traía y le dio el hornillo de camping gas, un poco de queroseno de repuesto, una caja grande de cerillas, cincuenta velas y un paquete de tabletas de cloro para desinfectar agua.

—No he encontrado flores —dijo.

Ella sonrió al fin, apenas media sonrisa, y le preguntó:

—¿Tienes alguna pistola?

Fumaron un canuto y escucharon música, y al cabo de un rato Nadia intentó de nuevo que Said le hiciera el amor, no tanto porque tuviera muchas ganas sino porque necesitaba cauterizar en su memoria el incidente frente al banco, y Said consiguió reprimirse de nuevo incluso cuando se tocaron, y volvió a decirle que no debían hacerlo sin estar casados, que iba contra sus creencias, pero fue al proponerle a Nadia que fuera a vivir con él y sus padres cuando ella entendió que sus palabras habían sido una especie de declaración.

Nadia le acarició los cabellos mientras él reposaba la cabeza en su pecho.

—¿Me estás diciendo que quieres casarte? —preguntó.

—Sí.

—¿Conmigo?

—Bueno, con quien sea.

Ella soltó un bufido.

—Sí —dijo Said mirándola ahora—. Contigo.

Ella guardó silencio.

—¿Qué opinas? —preguntó él.

En ese momento, mientras Said esperaba su respuesta, ella sintió una gran ternura por él, aunque mezclada con una sensación de terror, y experimentó también algo mucho más complicado, algo que guardaba semejanza con el rencor.

—No lo sé —dijo.

Él la besó.

—Vale —respondió.

Antes de que él se marchara, Nadia apuntó las señas de la oficina de Said y este las de ella, y Nadia le dio una túnica para ponerse encima y le dijo que no se molestara en esconderla en la grieta que había entre su edificio y el de al lado, donde previamente él había ido dejando la túnica con la que salía para que ella la recogiera después. Le dijo que se la quedara y le dio también un juego de llaves.

—Para que mi hermana pueda entrar sola la próxima vez, si llega antes que yo —le explicó.

Y ambos sonrieron.

Pero cuando él se hubo ido, Nadia oyó el estruendo del fuego de artillería a lo lejos, edificios desplomándose, combates a gran escala en alguna parte, y le preocupó que él tuviera que ir en coche hasta su casa y eso le hizo pensar que era absurdo tener que esperar hasta el día siguiente, cuando fuera al trabajo, para saber si él había conseguido llegar sano y salvo a su casa.

Nadia echó el cerrojo a la puerta y arrimó con esfuerzo el sofá a fin de levantar una barricada.

Aquella noche, en un piso alto similar al de Nadia y en un distrito que no quedaba lejos del de ella, un hombre valiente esperaba a la luz de la linterna que su móvil llevaba incorporada. De vez en cuando oía los mismos ecos de artillería que Nadia podía oír, solo que más fuertes. Las ventanas de su piso traqueteaban, aunque sin riesgo, por el momento al menos, de que los cristales se rompieran.

El hombre valiente no usaba reloj de pulsera ni tenía linterna manual, de modo que su móvil, ahora sin señal, cumplía ambas funciones. Llevaba puesta una gruesa chaqueta de invierno, y dentro de la chaqueta llevaba una pistola y un cuchillo con una hoja tan larga como su mano.

Otro hombre estaba emergiendo ahora por una puerta negra al fondo de la habitación, una puerta negra incluso en la penumbra, negra pese al haz de la linterna del móvil, y a este segundo hombre el hombre valiente lo observó desde donde estaba, pegado a la puerta delantera, pero no hizo visiblemente nada por ayudar. Estaba pendiente de lo que se oía en la escalera exterior, o más bien de la ausencia de sonidos en la escalera exterior, y permaneció en su sitio, teléfono en mano, y palpó la pistola que tenía en el bolsillo de su chaqueta, observando sin hacer el menor ruido.

El hombre valiente estaba nervioso, aunque habría sido difícil detectarlo en la penumbra y por su semblante típicamente inexpresivo. Estaba dispuesto a morir pero no tenía intención de morir todavía, su plan era seguir vivo, y hacer grandes cosas mientras siguiera viviendo.

El otro hombre yacía en el suelo, una mano a modo de visera para protegerse de la luz, reponiendo fuerzas. A su lado tenía una imitación de un rifle de asalto ruso. Él no podía ver quién estaba en la puerta de delante, solo que allí había alguien.

El hombre valiente continuaba palpándose la pistola, atento, atento.

El segundo hombre se puso de pie.

El valiente le hizo una señal con la luz del móvil y el otro avanzó, moviéndose como un rape abisal que buscara alimento en las impenetrables profundidades, y cuando el segundo hombre estuvo al alcance de su mano, el hombre valiente abrió la puerta del piso y el segundo hombre penetró en la quietud de la escalera. Entonces el hombre valiente cerró la puerta y se quedó quieto una vez más, aguardando el momento para que pasara otro.

En menos de una hora el segundo hombre, uno de entre los muchos que así lo hicieron, se sumó a la batalla; los combates que ahora daban comienzo y se producían sin apenas interrupción eran más feroces, y menos desiguales, que los anteriores.

La guerra en la ciudad de Said y Nadia resultó ser una experiencia íntima; los combatientes luchaban pegados unos a otros, las primeras líneas definidas al nivel de la calle donde uno trabajaba, la escuela a la que asistía una hermana, la casa del mejor amigo de una tía carnal, la tienda donde uno compraba tabaco. La madre de Said creyó ver a un antiguo alumno suyo disparando con gran determinación y concentración una ametralladora montada en la trasera de una camioneta tipo pickup. Ella le miró y él la miró a ella y el chico no se volvió para pegarle un tiro, de lo que la madre de Said dedujo que debía de ser quien ella pensaba, aunque el padre de Said opinó que eso solo significaba que había visto a un hombre que quería disparar hacia otro lado. Ella recordaba al chico como un alumno tímido, un poco tartamudo y muy listo para las matemáticas, un buen chico, pero no logró recordar cómo se llamaba. Se preguntó si sería realmente él y, en ese caso, si ello debía alarmarla o aliviarla. Si ganaban los militantes, suponía ella, no sería mala cosa conocer a alguien que estuviera en su bando.

Iban cayendo barrios en poder de los militantes en rápida y sorprendente sucesión, de forma que el mapa mental del lugar donde la madre de Said había pasado toda su vida parecía ahora una colcha vieja, con retazos de territorio gubernamental y retazos de los militantes. Las deshilachadas costuras entre unos y otros eran los puntos más letales, a evitar por todos los medios. El carnicero y el hombre que teñía las telas con las que en otro tiempo ella había confeccionado sus alegres prendas de vestir desaparecieron en esos puntos negros, sus comercios destrozados y cubiertos de cascotes y cristales.

Mucha gente se perdía de vista aquellos días y por regla general uno no llegaba a saber, al menos durante un tiempo, si estaban vivos o muertos. Nadia pasó una vez ex profeso por delante de la casa de su familia, no para hablar con ellos sino para ver desde fuera si estaban y si estaban bien, pero el hogar que había abandonado parecía desierto, no había señales de vida. Cuando volvió otra vez, la casa ya no estaba, el edificio irreconocible, aplastado por una bomba que debía de pesar tanto como un coche utilitario. Nadia nunca llegaría a determinar qué había sido de ellos, pero no perdió la esperanza de que hubieran encontrado la manera de salir ilesos y de abandonar la ciudad a los depredadores de los bandos en conflicto, que parecían querer arrasarla con el fin de tomar posesión de ella.

Por suerte para los dos, tanto el domicilio de ella como el de Said estuvieron por un tiempo en zona controlada por el gobierno, y de este modo se ahorraron lo peor de los combates y los ataques aéreos de represalia que las fuerzas armadas estaban llevando a cabo sobre barrios no solo ocupados sino considerados también desleales.

El jefe de Said dijo a sus empleados, con lágrimas en los ojos, que tenía que cerrar el negocio. Pidió disculpas por defraudarlos y prometió trabajo para todos ellos cuando las cosas mejoraran y la agencia pudiera reabrir. Los que fueron a cobrar su último sueldo pensaron que lo que estaban haciendo era consolarlo, tan afectado parecía el pobre hombre. Todos coincidían en que era una persona excelente y delicada, quizá demasiado incluso, pues no eran tiempos para esa clase de hombre.

En la oficina de Nadia, el departamento de nóminas dejó de pagar cheques y a los pocos días los trabajadores dejaron de acudir.

No hubo verdaderas despedidas, o ninguna en la que ella tomara parte, y como los guardias de seguridad fueron los primeros en esfumarse, se produjo una especie de sereno saqueo, o de pago en material, y la gente salía de allí con lo que podía llevarse. Nadia cargó con dos ordenadores portátiles, en sus respectivos estuches, y con el televisor de pantalla plana que había en su planta, pero al final dejó el televisor porque no habría sido fácil llevarlo todo en la motocicleta y se lo pasó a un compañero de aspecto tristón, que le dio educadamente las gracias.

En la ciudad, la relación de sus habitantes con las ventanas había cambiado. Una ventana constituía la frontera a través de la cual era más probable que llegara la muerte. Una ventana no podía detener ni la más insignificante bala: cualquier lugar bajo techo con vistas al exterior estaba potencialmente entre dos fuegos. Es más, la luna de una ventana podía fácilmente convertirse ella misma en metralla, hecha añicos por una explosión cercana, y todo el mundo sabía de alguien que se había desangrado tras recibir el impacto de fragmentos de cristal volantes.

Muchas ventanas estaban ya rotas, y lo prudente habría sido quitar las que aún quedaban, pero era invierno y las noches eran frías, y sin gas ni electricidad, pues ambos suministros fallaban cada vez más, las ventanas servían para parar un poquito el frío y por eso la gente las dejaba donde estaban.

Lo que sí hizo la familia de Said fue recolocar los muebles. Colocaron estanterías llenas de libros pegadas a las ventanas de los dormitorios, tapando el cristal pero dejando que un poco de luz se colara por los bordes, y apoyaron la cama de Said, con colchón y todo, en los ventanales de la sala de estar, vertical pero inclinada, de forma que los pies de la cama descansaran sobre el dintel. Said dormía en el suelo sobre tres alfombras superpuestas y les dijo a sus padres que eso era bueno para su espalda.

Nadia selló el interior de sus ventanas con la típica cinta de embalar beis y luego las cubrió con bolsas de basura de las gruesas, clavando clavos en el marco de madera. Aprovechando que había electricidad suficiente para cargar la batería de repuesto, se ponía a escuchar discos a la luz de una sola bombilla pelada, los ásperos sonidos del combate ligeramente amortiguados por la música, y mirar las ventanas le había hecho pensar en amorfas obras negras de arte contemporáneo.

También el efecto que las puertas causaban en la gente había cambiado. Circulaban rumores sobre puertas que podían llevarlo a uno a otro lugar, concretamente a lugares remotos, alejados de aquella trampa mortal de país. Había quien afirmaba conocer a gente que conocía a gente que había cruzado puertas así. Una puerta normal, aseguraban, podía convertirse en puerta especial, y eso era algo que podía ocurrir sin previo aviso. La mayoría de la gente consideraba estos rumores pura tontería, supersticiones de débiles mentales, no obstante lo cual la mayoría de la gente empezó a mirar las puertas con otros ojos.

También Nadia y Said comentaron los rumores, desechándolos sin más, pero cada mañana al despertarse Nadia miraba la puerta del piso, la del cuarto de baño, la del armario y la de la terraza. Y cada mañana, en su casa, Said hacía otro tanto. Todas las puertas, en ambos casos, continuaban siendo simples puertas, meros interruptores en el tránsito entre dos lugares adyacentes, binariamente o abiertas o cerradas, pero cada una de las puertas, considerada desde el punto de vista de esa posibilidad irracional, cobraba también cierta vida, volviéndose un objeto dotado de un poder sutil de mofarse de los deseos de quienes anhelaban marcharse lejos de allí, susurrando en silencio desde su quicio que tales sueños solo los soñaban los necios.

Al no tener trabajo, nada impedía que Said y Nadia se vieran durante el día salvo los combates, pero este era un grave impedimento. Los pocos canales locales que todavía funcionaban decían que la guerra iba bien, pero los internacionales decían justo lo contrario y que el flujo de migrantes a países ricos no tenía precedentes, que dichos países ricos estaban construyendo vallas y muros y reforzando sus fronteras, aunque al parecer sin efectos satisfactorios. Los militantes tenían su propia emisora de radio pirata y su principal locutor, un hombre de voz tersa, honda y enervantemente sensual que hablaba con mucha lentitud y deliberación, afirmaba con una cadencia casi de rap desacelerado que la caída de la ciudad era inminente. Fuera cual fuese la verdad, rondar por la calle era peligroso, así que Said y Nadia se veían normalmente en el piso de ella.

Said le había pedido una vez más que fuera a vivir con él y su familia. Él, dijo, se encargaría de explicárselo a sus padres; ella podría utilizar su habitación y él dormiría en la salita, y no sería necesario casarse, simplemente tendrían que ser castos, por respeto a sus padres, y así ella estaría más segura, porque no eran tiempos para vivir solo. Se privó de decir que no lo eran, especialmente, para una mujer, pero ella sabía ambas cosas, que él lo había pensado y que era verdad, todo eso mientras rechazaba el ofrecimiento de Said. Él se dio cuenta de que aquel asunto la afectaba y optó por no mencionarlo más, pero la oferta seguía en pie y ella la meditó.

Nadia, por su parte, empezaba a reconocer que los riesgos a que se exponía una mujer joven que viviera por su cuenta en aquella ciudad ya no eran asumibles y, lo que es más, le preocupaba la seguridad de Said cada vez que cogía el coche de la familia para ir a verla o volver a su casa. Pero al mismo tiempo se resistía a mudarse, fuera a casa de él o de otras personas, con lo que le había costado marcharse de casa, y con el apego que le había tomado a su pequeña vivienda, a la vida que se había montado allí, por más que solitaria, aparte de que se le hacía rara la idea de vivir con Said medio como amante y medio como hermana teniendo a sus padres allí, y de hecho no se habría decidido a aceptar de no ser por la muerte de la madre de Said, alcanzada por un proyectil de grueso calibre que penetró en línea recta por el parabrisas del coche de la familia llevándose consigo una cuarta parte de la cabeza de la víctima, y no mientras estaba conduciendo, pues no lo había hecho durante meses, sino mientras buscaba en el coche un pendiente que creía haber dejado allí, y Nadia, viendo el estado en que se encontraban Said y el padre de este cuando se presentó en el piso el día del funeral, se quedó con ellos aquella noche para brindarles un poco de consuelo y de ayuda, y ya no volvió a pasar ninguna noche más en su piso.

En aquellos días, debido a los combates, los funerales eran más modestos y apresurados. Algunas familias no tenían más remedio que enterrar a sus muertos en un patio o en el arcén de una calle, dado que no era posible llegar a un cementerio propiamente dicho, y así empezaron a aumentar los camposantos improvisados; un difunto atraía a otros difuntos, del mismo modo que la llegada de un okupa a un terreno gubernamental en desuso puede dar origen a todo un barrio marginal.

Era costumbre que la familia que había sufrido una pérdida viera su casa repleta de parientes y amigos durante días, pero dicha práctica había quedado restringida por los peligros inherentes a cualquier trayecto por la ciudad, y si bien hubo gente que fue a ver a Said y al padre de Said, la mayoría lo hizo de tapadillo y no pudo quedarse mucho tiempo. No era, pues, el mejor momento para preguntar qué clase de relación tenía Nadia con el esposo y con el hijo de la fallecida, de modo que nadie preguntó, aunque algunos sí interrogaron con la mirada, sin evitar observar a Nadia cuando pasaba con su negra túnica sirviendo té y pastas y agua, y sin rezar, si bien no de manera ostentosa sino como si estuviera atareada en atender a las necesidades terrenales de los presentes y pensara tal vez hacerlo más tarde.

Said sí rezó, y mucho, lo mismo que su padre y que sus invitados, y algunos de ellos lloraron, pero Said solo había llorado en una ocasión, al ver por primera vez el cadáver de su madre, y el padre de Said había llorado a solas en su cuarto, en silencio, pero sin lágrimas, sacudido su cuerpo por una especie de temblor o tiritona que no le abandonaba, pues su sensación de pérdida era infinita y ponía en cuestión su sentido de la benevolencia del universo, y su mujer había sido su mejor amiga.

Nadia llamaba «padre» al padre de Said y él la llamaba «hija». Esto empezó el primer día de conocerse, como si ambos términos les parecieran adecuados a ambos, formas aceptables de tratamiento entre la joven y el hombre mayor, aun no existiendo parentesco entre ambos, y de todas formas un solo vistazo le había bastado a Nadia para sentir como un padre al padre de Said, pues era un hombre muy afable y evocó en ella un afán protector, como el que uno siente por su propio hijo o por un cachorro, o por un recuerdo hermoso que uno es consciente de que empieza a desvanecerse.

Nadia dormía en lo que había sido el cuarto de Said, sobre una pila de alfombras y mantas en el suelo, pues había rechazado el ofrecimiento del padre de Said de renunciar este a su cama, mientras que Said dormía sobre un jergón similar aunque más delgado en la sala de estar y el padre de Said lo hacía a solas en su dormitorio, la habitación en la que había dormido gran parte de su vida pero donde no recordaba cuándo lo había hecho solo por última vez y que, por esa razón, se le hacía ahora extraña.

A diario, el padre de Said encontraba objetos que habían pertenecido a su mujer, y eso le hacía perder de vista lo que otros llamaban el presente: una fotografía, un pendiente, un chal llevado en una ocasión especial, y Nadia encontraba a diario objetos que la transportaban al pasado de Said: un libro, una recopilación de canciones, una pegatina en el interior de un cajón, y eso la hacía evocar sensaciones de su propia niñez y tener pensamientos incómodos sobre el destino de sus padres y de su hermana, mientras que Said, por su parte, habitaba un cuarto que solo había sido el suyo brevemente, años atrás, cuando unos parientes que vivían lejos, o en el extranjero, habían pasado allí unos días, de modo que aquellas tres personas que ahora compartían vivienda se salpicaban y se cruzaban unas con otras en diversas y múltiples corrientes de tiempo.

El barrio de Said había caído en manos de los militantes y los combates a pequeña escala en las cercanías habían ido en descenso, pero seguían cayendo del cielo grandes bombas cuyo estruendo al explotar hacía pensar en el poder de la naturaleza misma. Said daba gracias de tener cerca a Nadia por la manera en que ella alteraba los silencios que se adueñaban de la vivienda, no necesariamente llenándolos con palabras, sino haciendo que su mudez fuera menos angustiosa. Y le agradecía también el efecto que estaba teniendo en su padre, cuya buena educación, cuando recordaba que había una mujer joven en la casa, conseguía sacarlo de sus interminables duermevelas y lo llevaba de vuelta al presente, siquiera por un rato. A Said le habría gustado que Nadia hubiera podido conocer a su madre, y esta a ella.

A veces, cuando el padre de Said se iba a acostar, Said y Nadia se sentaban en la misma habitación, uno junto al otro, para darse calor y establecer contacto físico; a veces se tomaban las manos, o incluso intercambiaban un beso en la mejilla antes de irse a dormir, y a menudo permanecían en silencio, pero otras veces hablaban en voz baja de cómo escapar de la ciudad, de los interminables rumores sobre las puertas, o bien sobre naderías: el color exacto del frigorífico, el estado cada vez más penoso del cepillo de dientes de Said, los fuertes ronquidos de Nadia cuando estaba resfriada.

Una noche, estando juntos, tapados por una manta a la luz vacilante de un quinqué, pues ya no había suministro de electricidad en esa zona, como tampoco gas ni agua corriente puesto que los servicios municipales habían dejado de funcionar, Said dijo:

—Es como si hubieras estado aquí toda la vida.

—Yo también lo pienso —dijo ella reposando la cabeza en el hombro de Said.

—A veces en el fin del mundo no se está tan mal.

Nadia rió.

—Ya. Es como una cueva. —Y al poco rato añadió—: Tú hueles un poco a cavernícola.

—Y tú hueles a humo de leña.

Nadia le miró, notando que su cuerpo se enardecía, pero reprimió el impulso de acariciar a Said.

Cuando se enteraron de que el barrio de Nadia había caído también en poder de los militantes, y de que el trayecto entre uno y otro estaba casi despejado, Said y Nadia fueron al piso de ella para recoger algunas cosas. El edificio había sufrido algunos desperfectos, parte de la fachada había volado. La tienda de baterías de repuesto de la planta baja había sido saqueada, pero la puerta metálica que daba a la escalera estaba intacta y la estructura parecía más o menos sólida en general; había que repararla, desde luego, pero no amenazaba con venirse abajo.

Las bolsas de basura que Nadia había colocado en las ventanas estaban todavía allí salvo una, que había quedado destrozada igual que el cristal, y allí donde había estado la ventana se veía ahora un pedazo de cielo, insólitamente claro y hermoso, a excepción de una fina columna de humo elevándose en la lejanía. Nadia cogió su tocadiscos, unos discos, ropa y comida, así como el reseco pero quizá todavía salvable limonero con el dinero y las monedas de oro que había dejado escondidos en la tierra de la maceta. Lo cargaron todo en el asiento de atrás del coche de Said, la copa del limonero asomando por la ventanilla bajada. Nadia no sacó el dinero y las monedas enterrados en la maceta, no fuera que los militantes les registraran el coche en alguno de los controles, como así ocurrió, pero los que les pararon parecían extenuados y nerviosos y aceptaron unas latas de comida a cambio de dejarlos pasar.

Al llegar ellos a casa, el padre de Said vio el limonero y sonrió por primera vez en varios días. Entre los tres lo llevaron al balcón, pero fue salir y volver a entrar, porque un grupo de hombres armados que parecían extranjeros se estaba congregando abajo en la calle, discutiendo en un idioma que ellos no entendían.

Nadia tenía el tocadiscos y los discos fuera de la vista en el cuarto de Said, pese a que el acostumbrado período de luto por la madre de Said había vencido ya, y es que los militantes habían prohibido la música y podían registrar la vivienda sin previo aviso; de hecho, había ocurrido ya una vez, cuando unos militantes empezaron a aporrear la puerta en plena noche, y de todos modos, aunque ella hubiera querido poner un disco, no había electricidad, ni siquiera la suficiente para cargar las baterías de repuesto de la vivienda.

La noche en que se presentaron, los militantes andaban buscando a gente de una secta en concreto y exigieron que les mostraran los documentos de identidad, para ver qué clase de nombre tenían los tres, pero por suerte para el padre de Said y para Said y Nadia sus nombres no guardaban relación con la secta perseguida. Menos suerte tuvieron los vecinos del piso de arriba: al marido lo sujetaron mientras le rajaban la garganta, y a la mujer y la hija se las llevaron por la fuerza.

La sangre del vecino degollado se fue filtrando por una grieta en el suelo y dibujó una mancha en una esquina del techo de la salita de Said. Como habían oído los gritos de la familia, Said y Nadia subieron a por el cadáver con el fin de darle sepultura tan pronto como fuera posible, pero el cuerpo no estaba allí, probablemente se lo habían llevado sus verdugos y la sangre estaba ya bastante seca, era como un charco pintado en el suelo, un reguero desigual en la escalera.

La noche siguiente, o quizá la que vino después, Said entró en el cuarto donde dormía Nadia y perdieron la castidad por primera vez. Una suma de terror y deseo lo empujó a volver cada tarde a partir de entonces, pese a que anteriormente había decidido no hacer nada que supusiera una falta de respeto para sus padres, y así se tocaban y acariciaban y saboreaban, parando siempre justo antes de la penetración, sobre lo que ella no había vuelto a insistir y que a estas alturas sabían cómo sortear de diferentes maneras. La madre de Said ya no estaba y el padre no parecía querer inmiscuirse en asuntos románticos, de modo que actuaban en secreto, y el hecho de que ahora las parejas no casadas fueran condenadas a muerte como castigo ejemplar daba a cada nuevo encuentro una urgencia casi terrorífica y una tensión añadida que, a veces, rayaba en una extraña suerte de éxtasis.

Conforme los militantes se hacían con la ciudad, eliminando los últimos grandes núcleos de resistencia, sobrevino una cierta calma, interrumpida por la actividad de drones y aviones que bombardeaban desde el cielo, prácticamente invisibles estas máquinas controladas mediante ordenador, y también por ejecuciones públicas y privadas que ahora tenían lugar casi a cada momento, cuerpos colgando de farolas o de vallas publicitarias como elementos de decoración festiva. Las ejecuciones iban por oleadas y, una vez que un barrio había sido purgado, podía esperar un cierto respiro, hasta que alguien cometía alguna infracción del tipo que fuese, porque las infracciones, atribuidas a menudo con cierta aleatoriedad, eran invariablemente castigadas sin piedad alguna.

El padre de Said iba cada día a casa de un primo suyo que era para él y sus hermanos y hermanas todavía con vida como un hermano mayor, y juntos tomaban té y café y hablaban del pasado, y como todos ellos conocían bien a la madre de Said, contaban anécdotas en las que ella era protagonista, y mientras allí estaba el padre de Said no es que sintiera que su mujer seguía con vida, puesto que la magnitud de su muerte se le hacía patente otra vez cada mañana, sino más bien que podía compartir su compañía en pequeñas dosis.

El padre de Said se demoraba cada tarde frente a la tumba antes de volver a casa. Una de aquellas veces, mientras estaba allí de pie, vio a unos niños jugando al fútbol y eso le animó un poco, le recordó que a él se le daba bien el fútbol a aquella edad, pero luego advirtió que eran chicos mayores, hombres casi, y que no estaban jugando con una pelota sino con la cabeza cercenada de un macho cabrío, y pensó qué bárbaros, pero entonces cayó en la cuenta de que aquello no era la cabeza de un chivo sino de un ser humano, con pelo y barba, y quiso pensar que la vista le engañaba, que estaba oscureciendo y había creído ver lo que no era, pero en la cara que ponían todos había algo que dejaba poco margen para la duda.

Entretanto, Said y Nadia habían dedicado todos sus esfuerzos a buscar un modo de huir de la ciudad, y en vista de que las rutas por tierra eran demasiado peligrosas, se pusieron a investigar la posibilidad de traspasar alguna de las puertas en las que tanta gente creía ahora, y más desde que los militantes habían anunciado que castigarían, como de costumbre y quizá por falta de imaginación, con la muerte todo intento de utilizar una o de mantenerla en secreto, y también porque, según afirmaban los que disponían de radios de onda corta, hasta las emisoras internacionales más fiables reconocían la existencia de esas puertas, y de hecho líderes de todo el mundo hablaban de ello como de una importante crisis a nivel mundial.

Siguiendo el consejo de un amigo, Said y Nadia salieron a pie al anochecer. Iban vestidos según las normas impuestas sobre el vestir y él llevaba la barba según las normas sobre barbas y ella el pelo escondido conforme a las normas sobre peinado, pero procuraron avanzar pegados a las casas, por la zona en sombras cuando les era posible, tratando de que no los vieran ni de parecer que intentaban no ser vistos. Pasaron junto a un ahorcado y apenas si notaron el olor hasta que estuvieron en la dirección del viento, cuando el olor se volvió casi insoportable.

A causa de los robots volantes que surcaban el cielo ya casi oscuro, invisibles pero en aquellos días muy presentes en la cabeza de todos, Said caminaba ligeramente encorvado, como encogiéndose un poquito al pensar en la bomba o el misil que uno de aquellos aparatos podía disparar en cualquier momento. Por el contrario, y para no parecer culpable de nada, Nadia caminaba erguida pensando en que si los paraban y les hacían enseñar la documentación y alguien le decía que en el suyo no constaba que él fuera su marido, sería más creíble cuando ella los hiciera ir a su casa para mostrarles un certificado de matrimonio que se había hecho falsificar.

El hombre al que estaban buscando decía ser agente, aunque no estaba claro si se refería a que lo suyo eran los viajes o a que operaba en secreto o a alguna otra razón, y habían quedado con él en la laberíntica penumbra de un centro comercial calcinado, un edificio en ruinas con numerosas salidas y escondites, lo que hizo que Said deseara haber insistido para que Nadia no lo acompañase, y que Nadia deseara haber llevado una linterna o, a falta de linterna, un cuchillo. Esperaron, cada vez más inquietos, sin poder ver apenas nada.

No oyeron acercarse al agente –podía ser también que hubiera estado allí todo el tiempo– y se sobresaltaron al oír su voz detrás de ellos. El hombre habló con una voz suave, casi dulce, lo que hacía pensar en un poeta o un psicópata. Les dio instrucciones de que no se movieran de donde estaban, que no se volvieran. Luego le dijo a Nadia que se descubriera la cabeza, y al preguntar ella por qué, el agente dijo que no se lo estaba pidiendo.

Nadia tuvo la sensación de que lo tenía muy cerca, como si de un momento a otro el hombre pudiera tocarle el cuello, pero no le oía respirar. Les llegó un sonido lejano, y Nadia y Said comprendieron que el agente tal vez no estaba solo. Said preguntó dónde estaba la puerta y adónde daba y el agente respondió que de esas puertas las había por doquier pero que encontrar una que los militantes no hubieran descubierto aún, una que no estuviera vigilada, tenía su truco y quizá tardarían un poco. El agente exigió ver el dinero acordado y Said se lo dio, no muy seguro de si estaba pagando o siendo objeto de un robo.

Mientras volvían apresuradamente a casa, Said y Nadia contemplaron el cielo, la tremenda fuerza de las estrellas y la luna con sus hoyos, que brillaba de una manera especial a falta de luz eléctrica en la ciudad y también por la escasa contaminación de un tráfico escaso de combustible y, en consecuencia, escaso también, y se preguntaron adónde conduciría la puerta para acceder a la cual acababan de pagar, tal vez un pueblo en las montañas o en la llanura o junto al mar, y vieron tendido en la calle a un hombre demacrado que acababa de expirar, quién sabe si de hambre o de enfermedad, pues no parecía estar herido, y una vez en el piso le explicaron al padre de Said la supuesta buena noticia, pero él, por toda respuesta, guardó silencio. Ellos esperaron a que dijese algo y al final todo lo que dijo fue:

—Confiemos en que sea así.

Pasaban los días y Said y Nadia no habían vuelto a tener noticias del agente y empezaban a pensar que quizá no volverían a saber de él. Muchas familias estaban ya de traslado, y una de ellas —compuesta de madre, padre, hija e hijo— surgió de la oscuridad absoluta del interior de una puerta de servicio. Se hallaban en la parte inferior de una inmensa plaza elevada, bajo un conjunto de torres doradas de acero y cristal repletas de apartamentos de lujo, que los urbanistas habían decidido llamar Jumeirah Beach Residence. Una cámara de seguridad registró cómo la familia se recuperaba del tránsito, sus miembros pestañeando a la estéril luz artificial. Eran los cuatro de complexión delgada, porte erguido y piel morena, y aunque la filmación no iba acompañada de audio, la resolución era lo bastante grande para que un software de lectura de labios identificara el idioma como tamil.

Tras un breve interludio, la familia era captada por una segunda cámara atravesando un vestíbulo y empujando las barras horizontales de una gruesa puerta de doble hoja a prueba de incendios. Al abrirse dicha puerta el resplandor del sol del desierto de Dubái reba-

71

saba la sensibilidad del sensor de la cámara y las cuatro siluetas parecían adelgazarse, insustanciales, perdidas en un aura de blancura, pero en ese preciso momento eran captadas por tres cámaras exteriores, diminutos personajes saliendo tambaleantes a una amplia acera, un paseo, en una avenida de un solo sentido por la que discurrían lentamente dos automóviles caros de dos puertas, uno amarillo, otro rojo, el ruido de sus motores al acelerar visible indirectamente por la forma en que el niño y la niña se sobresaltaban.

Los padres sujetaban a sus hijos de la mano y no parecían saber qué dirección tomar. Quizá eran oriundos también de un pueblo costero, no de una ciudad, pues basculaban hacia el mar, alejándose de los grandes edificios, y podía vérselos desde diferentes ángulos enfilar un sendero ajardinado a través de la arena, los padres cuchicheando de vez en cuando entre ellos, los niños mirando a los turistas bastante pálidos de piel tumbados sobre toallas y tumbonas en estado de casi total desnudez, pero en cantidad mucho menor de lo normal para la temporada alta de invierno, aunque eso los niños no podían saberlo.

Un pequeño dron cuadricóptero los sobrevolaba a cincuenta metros de altitud, demasiado silencioso para ser oído, enviando sus imágenes a una estación central de monitoreo así como a dos vehículos de seguridad, uno de ellos un turismo sin identificar y el otro una furgoneta con rejas en las ventanillas, y de este segundo vehículo se apearon dos hombres de uniforme y echaron a andar con paso decidido pero sin prisa que pudiera alarmar a los turistas, siguiendo una trayectoria que, en cuestión de un minuto o dos, se cruzaría con la de la familia que hablaba tamil.

Durante este breve lapso de tiempo la familia era visible también en las cámaras de varios turistas que estaban haciéndose selfies y no parecía constituir una unidad compacta sino estar formada por cuatro individuos dispares, cada cual con su propio comportamiento, la madre estableciendo contacto visual con las mujeres e inmediatamente bajando la vista, el padre palpándose los bolsillos y la parte inferior de su mochila como si comprobara posibles desgarrones o agujeros, la hija mirando a unos paracaidistas acrobáticos que se precipitaban hacia un muelle cercano para frenar en el último momento y aterrizar al esprint, el hijo comprobando a cada paso la bondad de la suela de goma de sus zapatillas de deporte, y luego el minuto finalizaba y los uniformados interceptaban a la familia y se la llevaban, para aparente perplejidad, o sobrecogimiento tal vez, de los cuatro, pues se los veía tomarse de las manos y no ofrecer resistencia ni dispersarse ni echar a correr.

Said y Nadia, por su parte, disfrutaban de un cierto aislamiento respecto a las cámaras por control remoto cuando estaban bajo techo, debido a la falta de electricidad, pero aun así existía la posibilidad de un registro por sorpresa a cargo de hombres armados, y, naturalmente, en cuanto ponían un pie fuera podían ser captados por los objetivos que observaban la ciudad desde las alturas del cielo y el espacio así como por los ojos de militantes o de informadores, y cualquiera podía serlo.

Una función antes privada que ahora se veían obligados a hacer en público era vaciar las tripas, pues al no haber agua corriente los retretes del edificio ya no funcionaban. Los inquilinos habían cavado dos zanjas hondas en el pequeño patio que había en la parte de atrás, una para los hombres y otra para las mujeres, separadas por una sábana gruesa colgada de una cuerda de tender, y allí era donde se agachaban para hacer sus necesidades, bajo las nubes, haciendo caso omiso de la pestilencia, mirando al suelo para que, incluso si el acto en sí podía ser observado, la identidad de quien lo ejecutaba quedase de algún modo en secreto.

El limonero de Nadia, pese a regarlo mucho, ya no se recuperó y allí estaba, en el balcón, inerte y con varias hojas resecas pegadas.

Cabe sorprenderse de que, incluso en tales circunstancias, la actitud tanto de Said como de Nadia respecto a buscar una manera de huir no fuese lo más directa posible. Said estaba desesperado por marcharse de su ciudad, como en el fondo había deseado siempre, aunque se lo imaginaba como una cosa provisional, una ausencia esporádica, nunca algo definitivo, pero esta partida en principio inminente era de signo muy distinto, pues Said dudaba de que fuera a volver, y el hecho de que su numerosa familia y su círculo de amigos y conocidos se fuera desperdigando, para siempre, le causaba una gran tristeza, tanta como la pérdida del hogar, de su hogar.

Nadia estaba todavía más ansiosa, si cabe, por marcharse, y debido a su carácter la perspectiva de algo nuevo, de un cambio, le resultaba excitante en lo más fundamental. Pero también a ella la acosaban las preocupaciones, sobre todo en cuanto a la dependencia, al hecho de que si se marchaban al extranjero, si ellos dos y el padre de Said abandonaban el país, podían quedar a merced de desconocidos, encerrados en corrales como alimañas, dependiendo de dádivas para subsistir.

Nadia siempre se había adaptado mejor a los muchos vaivenes de la vida, y seguiría haciéndolo, que Said, a quien la nostalgia podía más, quizá porque su infancia había sido más idílica o porque ese era su temperamento. Pero tanto él como ella, y pese a los recelos que pudieran abrigar, no dudaban de que llegado el momento se marcharían. De ahí que no se esperaran que, cuando una nota escrita a mano del agente apareció una mañana bajo la puerta del piso, diciéndoles el lugar y la hora exactos en que debían estar al día siguiente por la tarde, el padre de Said dijese:

—Vosotros tenéis que iros, pero yo no os acompaño.

74

Said y Nadia le dijeron que eso era imposible y le explicaron, por si lo había entendido mal, que no pasaba nada, que le habían comprado tres pasajes al agente y que se irían todos juntos. El padre de Said escuchó en silencio pero no se dejó convencer: ellos tenían que irse, repitió; él se quedaba. Said le amenazó con cargar con él a la espalda si era preciso; nunca en la vida había hablado en ese tono a su padre, y su padre se lo llevó a un aparte, viendo el dolor que estaba causando a su hijo, y cuando Said le preguntó por qué se empeñaba en quedarse, el padre de Said dijo:

—Aquí está tu madre.

—Madre ya no está —dijo Said.

—Para mí, sí —dijo el padre.

Y, hasta cierto punto, así era. La madre de Said no se había ido del todo, para el padre de Said, y al padre de Said le habría sido muy difícil abandonar el lugar donde había compartido toda una vida con ella, no poder visitar su tumba a diario, y eso era algo que no deseaba, él prefería morar en el pasado, por decirlo así, ya que del pasado podía esperar más.

Pero también pensaba en el futuro, el padre de Said, aunque no podía decírselo a su hijo por temor a que si se lo decía, Said decidiera quedarse, y él, el padre de Said, sabía cuán importante era que Said se marchara, y lo que se calló fue que había llegado a ese punto en la vida de todo padre en que, si sobreviene una inundación, uno sabe que debe soltar al hijo, en contra de lo que el instinto le dicta a uno cuando es más joven, porque aferrarse a él no supone ya protegerlo, sino correr el peligro de que terminen los dos ahogándose, pues el hijo es ahora más fuerte que el padre y las circunstancias exigen un máximo de fortaleza física y el arco de la vida de un hijo solo parece acoplarse por breve tiempo al arco de la de un padre; en realidad, son dos arcos superpuestos, colina sobre colina, curva sobre curva, y el arco del padre de Said necesitaba disminuir la curva, mientras que el de su hijo se curvaba todavía más, y con un hombre ya viejo estorbando, aquellos dos jóvenes tenían menos probabilidades de sobrevivir.

El padre de Said le dijo a su hijo que lo quería y que no le desobedeciera, que él nunca había creído en imponer nada a su hijo pero que ahora lo estaba haciendo, que el único futuro para Said y para Nadia en aquella ciudad era la muerte y que algún día, cuando las cosas hubieran mejorado, Said volvería a reunirse con él, y tanto el padre como el hijo sabían perfectamente que eso no iba a ocurrir, que Said no podría regresar cuando su padre estuviese aún con vida y, efectivamente, a la postre resultó que después de la noche que recién empezaba, Said no volvería a estar ninguna otra noche con su padre.

Después, el padre de Said llamó a Nadia a su habitación y le habló sin que Said estuviera presente. Le dijo que le confiaba la vida de su hijo y que ella, a quien llamaba hija, debía, en cuanto que hija, no defraudarlo a él, a quien ella llamaba padre, y que debía velar por la seguridad de Said, que confiaba en que un día ella se casara con su hijo y le diera nietos, pero que eso era algo que ellos dos debían decidir, que lo único que le pedía era que siguiera con Said hasta que Said estuviese fuera de peligro, y luego le pidió que se lo prometiera, a lo que Nadia dijo que solo se lo prometería si él los acompañaba, y el padre de Said dijo otra vez que no podía ir con ellos pero que ellos en cambio debían partir; lo dijo en voz baja, como si rezara, y ella permaneció allí con él y transcurrieron unos minutos y al final se lo prometió sin que le costara esfuerzo, porque en aquel momento ella no tenía la menor intención de abandonar a Said, pero al mismo tiempo sí le costó porque esa promesa llevaba implícito abandonar al padre de Said, y por más que a él le quedaran hermanos y hermanas y primos y primas y tuviera la posibilidad de ir a vivir a casa de uno de ellos, o alguno de ellos a la de él, nadie podría protegerlo como Said y Nadia, y por consiguiente al acceder a hacerle aquella promesa lo estaba en cierta manera matando, pero así es como son las cosas, pues al migrar estamos eliminando de nuestra vida a aquellos que dejamos atrás.

Durmieron poco esa noche, la víspera de su partida, y a la mañana siguiente el padre de Said los abrazó y les dijo adiós y se alejó con ojos húmedos pero sin flaquear, pensando que era mejor dejar a los dos jóvenes en vez de ponerlos en un aprieto teniendo que salir por la puerta mientras él los veía partir. No quiso decir adónde iba, y hete aquí que Said y Nadia se encontraron a solas, incapaces de ir tras él en cuanto se hubo marchado, y en la quietud de su ausencia Nadia revisó una y otra vez las pequeñas mochilas que pensaban llevar consigo, pequeñas porque no querían levantar sospechas, pero tanto la una como la otra llenas a reventar, tortugas aprisionadas dentro de caparazones demasiado angostos, y Said pasó la mano por los muebles del piso, por el telescopio, por la botella con el clíper dentro, y luego dobló con cuidado una fotografía de sus padres, la escondió entre su ropa junto con un lápiz de memoria que contenía su álbum familiar, y oró dos veces.

El trayecto a pie hasta el lugar de la cita se les hizo eterno, y mientras iban hacia allí Said y Nadia no se tomaron de la mano, pues estaba prohibido que dos personas de distinto género lo hicieran en público, incluso gente a todas luces casada, pero de cuando en cuando sus manos se rozaban al andar y este esporádico contacto físico fue importante para ellos. Eran conscientes de que el agente en cuestión podía haberlos delatado a los militantes y sabían, por tanto, que existía la posibilidad de que el fin estuviera cerca para ellos.

El punto de encuentro estaba en una casa reformada próxima a un mercado y eso le recordó a Nadia su antiguo hogar. En la planta baja tenía su consulta un dentista que desde hacía tiempo no disponía de analgésicos ni otros medicamentos, pero ya no había dentista tampoco desde hacía veinticuatro horas, y una vez en la sala de espera se asustaron mucho porque vieron allí a un hombre con pinta de militante y rifle de asalto colgado al hombro. Pero lo único que hizo fue contar el dinero y decirles que se sentaran, y ellos así lo hicieron. La sala estaba llena de gente, una pareja y sus dos hijos en edad escolar, un joven con gafas y una mujer mayor muy erguida en su asiento como si viniera de familia rica, aunque sus prendas estaban sucias. De vez en cuando hacían pasar a alguien a la consulta propiamente dicha, y cuando les tocó el turno a Nadia y Said vieron a un hombre flaco, que también parecía militante y no paraba de hurgarse la nariz con la uña de un dedo, como si se toqueteara un callo o rasgueara un instrumento de cuerda, y al oírle hablar con aquella voz afable tan característica, supieron al momento que era el agente con quien habían tratado.

La habitación estaba en penumbra y la butaca y herramientas de dentista hacían pensar en una sala de tortura. El agente señaló con la cabeza hacia la negrura de una puerta que en otro tiempo daba a un armario de suministros y le dijo a Said «Tú primero», pero Said, que hasta ese momento había pensado que él sería el primero en pasar para de este modo cerciorarse de que era seguro que Nadia lo hiciera después, cambió de opinión sobre la marcha, creyendo que quizá sería más peligroso que ella se quedara sola mientras él traspasaba el umbral, y dijo: «No, primero ella».

El agente se encogió de hombros como si le diera igual y Nadia, que hasta ese momento no se había planteado el orden en que debían pasar, comprendiendo que ninguna opción era buena para el uno ni para el otro, pues tanto ser el primero como ser el segundo entrañaban riesgos, no discutió. Se acercó a la puerta y al hacerlo la sorprendió aquella oscuridad, que la puerta fuese tan opaca, que no hubiera forma de adivinar lo que había al otro lado y que, por tanto, tuviera tanto de principio como de final, y entonces se volvió hacia Said y vio que él la estaba mirando, que su rostro estaba lleno de preocupación y de tristeza, y le tomó las manos y se las apretó y luego, soltándolo y sin decir palabra, franqueó el umbral.

Se hablaba en aquellos días de que el tránsito era como morir y como nacer, ambas cosas, y efectivamente a Nadia le pareció que se extinguía al penetrar en la negrura y experimentó un desesperado forcejeo al intentar salir, y luego sintió frío y humedad y sensación de estar dolorida mientras yacía en el suelo de la habitación, al otro lado, temblorosa y demasiado agotada al principio como para ponerse de pie, y mientras intentaba llenar de aire sus pulmones pensó que aquella humedad debía de ser su propio sudor.

Said estaba empezando a salir y Nadia se arrastró para dejarle sitio, y al hacerlo reparó por primera vez en los fregaderos y los espejos, en las baldosas del suelo y los urinarios que había detrás de ella, las puertas de los cuales eran todas puertas corrientes excepto una, todas salvo aquella por la que había entrado y por la que Said lo estaba haciendo en ese momento, una puerta negra, y cayó en la cuenta de que estaba en el aseo de un lugar público y aguzó el oído pero no oyó nada salvo los sonidos que ella misma producía, su respiración, y los de Said, que gruñía por lo bajo como si estuviera haciendo gimnasia o el amor.

Se abrazaron sin ponerse de pie y ella lo acunó, pues Said estaba débil todavía, y vio que él giraba hacia la puerta como si quisiera tal vez desandar el camino y dar marcha atrás, y entonces se situó a su lado, sin hablar, y él permaneció inmóvil unos instantes, pero luego avanzó, ya de pie, y salieron y se encontraron entre dos edificios bajos, percibiendo un sonido como si se hubieran llevado una caracola al oído y sintiendo en la cara una brisa fría acompañada de un olor a salmuera, y vieron una larga extensión de arena y pequeñas olas grises que rompían y les pareció milagroso, aunque no era un milagro, simplemente estaban en una playa.

En la playa había un club náutico, con bares y mesas y grandes altavoces exteriores y tumbonas apiladas para el invierno. Los rótulos estaban escritos en inglés pero también en otras lenguas europeas. Aquello parecía desierto y Said y Nadia caminaron hasta la orilla del mar, donde el agua se detenía a unos palmos de sus pies y se hundía en la arena, dejando en la tersa superficie unas líneas como las dejadas por unas pompas de jabón que un padre soplara para su hijo. Al cabo de un rato un hombre de piel pálida y cabello castaño claro salió del club y les dijo que se alejaran, haciendo gestos con las manos para ahuyentarlos pero sin hostilidad ni una especial grosería, más bien como si estuviera conversando en un dialecto internacional basado en el lenguaje de signos.

Said y Nadia echaron a andar y al abrigo de una loma vieron lo que parecía un campamento de refugiados, centenares de tiendas de campaña y cobertizos, gente de muchos colores y tonos —muchos colores y tonos pero en su mayoría dentro de una franja de marrón que iba del chocolate negro al té con leche—, y toda aquella gente estaba congregada en torno a fogatas que ardían dentro de barriles de petróleo, hablando en una cacofonía de idiomas sin fin, lo que uno podría oír si fuera un satélite de comunicaciones o un superespía que hubiera pinchado un cable submarino de fibra óptica.

En el grupo todo el mundo era extranjero, de modo que, según se mirara, nadie lo era. Nadia y Said encontraron enseguida un pequeño grupo de compatriotas suyos y se enteraron de que estaban en la isla griega de Mikonos, un centro turístico muy popular en verano y, a todas luces, un centro migratorio muy popular en invierno, y que las puertas de salida o, dicho de otra manera, las puertas hacia destinos ricos estaban fuertemente vigiladas, mientras que la mayoría de las puertas de entrada, las puertas desde países pobres, estaban desprotegidas, quizá con la esperanza de que la gente se volviera por donde había venido —aunque eso no lo hacía casi nadie—, o tal vez simplemente porque había demasiadas puertas desde países pobres como para tenerlas todas vigiladas.

El campo de refugiados recordaba a un puesto de intercambio en los tiempos de la fiebre del oro, había mucha mercancía para vender o trocar, desde jerséis y teléfonos móviles hasta antibióticos y (eso, de tapadillo) sexo y drogas, y había familias con la vista puesta en el futuro y bandas de hombres jóvenes con la vista puesta en la gente más vulnerable y personas rectas y estafadores y también los que habían arriesgado la vida por salvar a sus hijos y los que sabían cómo asfixiar a otro sin que emitiera el menor sonido. La isla, les dijeron, era bastante segura salvo cuando no lo era, o sea que como cualquier otra parte. La gente decente superaba con mucho a la gente peligrosa, pero a partir del anochecer era preferible quedarse en el campamento, cerca de otras personas.

Las primeras cosas que compraron Said y Nadia (ella se encargó de negociar) fueron agua, comida, una manta, una mochila grande, una tienda de campaña pequeña que una vez plegada cabía en una bolsa cómoda de llevar, y batería externa y números locales para sus teléfonos. En la linde del campo, subiendo la colina, encontraron un trecho de terreno que no era ni demasiado ventoso ni demasiado pedregoso, y allí montaron su hogar provisional. Nadia tenía la sensación de estar jugando a las casitas, como de niña había hecho con su hermana, mientras que Said tenía la sensación de estar siendo un mal hijo, y cuando Nadia se puso en cuclillas junto a un arbusto ralo y le pidió que se acuclillara también y, semiocultos como estaban, intentó besarle a la intemperie, él se apartó muy enfadado pero al momento se disculpó, pegando su cara a la de ella, y Nadia intentó tranquilizarse en contacto con él, mejilla contra barbuda mejilla, pero estaba sorprendida, porque lo que creía haber visto en él en esa fracción de segundo era amargura, y en todos aquellos meses nunca había visto amargura en Said, ni una sola vez, ni siquiera al morir su madre, porque entonces se había sentido acongojado, como era natural, y deprimido también, pero sin asomo de amargura, no como si algo le estuviera royendo las entrañas. Bien mirado, ella nunca le había visto un gesto amargo, Said siempre tenía una sonrisa a punto, y se tranquilizó cuando él le tomó entonces la mano y se la besó, como para hacer las paces, pero Nadia se había quedado intranquila, pues comprendió que un Said con amargura ya no sería Said.

Agotados, echaron un sueñecito en la tienda. Cuando se despertaron, Said intentó llamar a su padre pero un mensaje automático le informó de que la llamada no había podido realizarse. Nadia intentó conectarse con gente vía aplicaciones de chat y redes sociales, y una conocida suya que había conseguido llegar a Auckland y otra que había llegado a Madrid le respondieron enseguida.

Nadia y Said se sentaron uno al lado del otro en el suelo y se pusieron al día sobre los conflictos del mundo, el estado de su país, las diversas rutas y diversos destinos que tomaban los migrantes y los más recomendados, así como los trucos de los que uno podía valerse y los peligros que había que evitar a toda costa.

A media tarde Said subió a lo alto de la loma y Nadia subió también a lo alto de la loma, y desde allí contemplaron la isla, contemplaron el mar, y él se detuvo cerca de donde ella estaba y ella cerca de donde estaba él, y el viento les alborotó los cabellos y ambos volvieron la cabeza hacia el otro pero sin llegar a verse, pues ella subió antes que él y él subió después que ella, y estuvieron cada cual en la cima apenas un instante, y en momentos diferentes.

Mientras Said bajaba de la loma en dirección a la tienda, junto a la cual Nadia se hallaba ya sentada, una joven estaba saliendo de la galería vienesa de arte contemporáneo donde trabajaba. Militantes del país de Said y Nadia habían llegado a Viena la semana anterior y la ciudad había sido testigo de matanzas en las calles. Los militantes habían disparado contra gente indefensa y desaparecido después, una larga carnicería como jamás había presenciado Viena, es decir, como jamás había presenciado desde los combates del siglo anterior y de siglos anteriores a este, que fueron de una magnitud muy distinta y muchísimo mayor, pues a Viena, como demuestran los anales de la historia, no le era desconocida la guerra, y los militantes pretendían tal vez provocar una reacción contra los migrantes de su propia geografía que estaban llegando a Viena en avalancha, y si era eso lo que esperaban conseguir, lo habían conseguido, pues aquella joven acababa de saber que una turba tenía intención de atacar a los migrantes reunidos cerca del zoológico; todo el mundo lo comentaba y era asunto recurrente de mensajes de móvil, y ella había decidido sumarse a un cordón humano para separar a ambos bandos o, mejor dicho, para proteger a los migrantes de los antimigrantes, y había prendido un pin con el signo de la paz en la solapa de su abrigo, y otro del orgullo gay y otro más, alusivo a la compasión con los migrantes, una puerta negra dentro de un corazón rojo, y mientras esperaba para subir al metro vio que la gente que esperaba en la estación no era la habitual, apenas si había niños o gente mayor, y también había menos mujeres que de costumbre, se sabía que iba a haber altercados y por tanto era probable que mucha gente quisiera desmarcarse, pero fue al subir al tren y verse rodeada de hombres que se parecían a su hermano y a sus primos y a su padre y a sus tíos, salvo en que estaban furiosos, coléricos, y la miraban a ella y a sus pins con no disimulada hostilidad y con el rencor de quien condena por traición sin juicio previo, y empezaron a gritarle y a empujarla, fue entonces cuando tuvo miedo, un miedo instintivo, animal, puro pánico, y pensó que podía ocurrir cualquier cosa, y momentos después llegaron a la siguiente estación y la joven se abrió paso para salir del vagón, temiendo que la agarraran, que le hicieran daño, pero no fue así y una vez que el convoy se hubo alejado ella se quedó un rato en el andén, temblando y pensando, y finalmente se vio con ánimo para andar, pero no en dirección a su piso, su bonito piso con vistas al río, sino en la dirección contraria, hacia el zoológico, que era a donde pensaba ir en un principio y a donde iría de todos modos, y esto sucedía mientras el sol se iba poniendo, como se ponía también en Mikonos, que pese a estar al sur y al este de Viena, no quedaba tan lejos en términos planetarios, y allí en Mikonos Said y Nadia estaban leyendo precisamente la noticia sobre el altercado que estaba teniendo lugar en Viena y sobre el que personas oriundas del país de Said y Nadia debatían en internet, aterrorizadas, barajando qué era mejor, si aguantar o poner tierra de por medio.

Por la noche hacía frío, de modo que Said y Nadia dormían vestidos, con la chaqueta puesta, abrazados el uno al otro y tapados por la manta, que no solo los cubría por encima y por los costados sino también por debajo, proporcionándoles un fino acolchado contra el suelo duro y un tanto irregular. Su tienda era demasiado pequeña para estar de pie, un pentaedro alargado pero bajo, de forma triangular como el prisma de cristal que de pequeño había tenido Said y con el que refractaba la luz del sol formando pequeños arcoíris. Al principio Nadia y él yacían acurrucados el uno frente al otro, pero al cabo de un rato estar acurrucados así resulta incómodo, sobre todo en tan poco espacio, y al final durmieron acoplados, primero él pegado a ella por detrás, y luego, coincidiendo con el momento en que la luna pasaba sin ser vista sobre sus cabezas, él se dio la vuelta y ella se pegó a él por detrás.

Cuando Said despertó por la mañana, ella le estaba observando y le acarició el pelo y le tocó los pelos que le crecían sobre el labio superior y bajo las orejas, y él la besó y se sintieron bien juntos. Recogieron las cosas y Said cargó con la mochila grande y Nadia con la tienda y cambiaron una de las mochilas pequeñas por una estera de yoga, confiando en que eso les hiciera más cómodo el dormir.

Sin previo aviso, la gente empezó a salir del campo a toda prisa y Said y Nadia oyeron rumores sobre el hallazgo de una nueva puerta, una puerta a Alemania, de modo que corrieron también, al principio en la parte central de la muchedumbre migrante, pero apretando el paso al poco rato se encontraban ya cerca de la cabeza del grupo. La muchedumbre ocupaba toda la angosta carretera y rebosaba hacia los márgenes, extendiéndose muchos centenares de metros. Estaba Said preguntándose adónde iban cuando, más adelante, vio que había un hotel o una especie de centro turístico, y al acercarse divisó una hilera de hombres de uniforme que les cortaban el paso y se lo dijo a Nadia y ambos, asustados, aflojaron la marcha permitiendo que otros los adelantaran, porque en su ciudad habían podido ver lo que ocurre cuando alguien dispara contra una masa de gente desarmada. Pero al final no hubo tiroteo; los hombres de uniforme simplemente se quedaron donde estaban, cortándoles el paso, y algunos valientes o desesperados o aventureros intentaron cruzar, corriendo a toda velocidad por los costados del bloqueo, donde había huecos para pasar, pero a esos pocos los detuvieron y al cabo de una hora o así la muchedumbre se dispersó y el grueso del grupo regresó al campamento.

Fueron pasando los días, llenos de esperas y de falsas esperanzas, días que podían haber sido de aburrimiento, como lo fueron para muchos, pero a Nadia se le ocurrió la idea de explorar la isla como hacían los turistas. Said rió y dijo que le parecía bien, y era la primera vez que reía desde que habían llegado, cosa que a ella la animó, así que cargaron con sus cosas y recorrieron las playas y remontaron las colinas como dos excursionistas hasta el borde de los acantilados y concluyeron que Mikonos era realmente un lugar precioso y que era lógico que tantas personas visitaran la isla. A veces veían grupos de hombres de aspecto rudo y procuraban mantener las distancias, y siempre intentaban pernoctar junto a uno de los grandes campos de migrantes, de los que había muchos y a los que cualquiera podía pertenecer, libre de entrar o de marcharse según le conviniera.

Un día se toparon con un conocido de Said y eso les pareció una feliz y casi imposible coincidencia, como si dos hojas arrancadas de un mismo árbol por un huracán aterrizaran la una sobre la otra muy lejos de allí, y eso le levantó el ánimo a Said. El hombre dijo ser traficante de personas y que había ayudado a bastante gente a huir de su ciudad; ahora hacía lo mismo en la isla, porque conocía todas las entradas y salidas. Accedió a ayudar a Said y Nadia y les ofreció cobrarles la mitad de lo que cobraba, a lo que ellos se mostraron agradecidos, y él cogió el dinero y les informó de que los enviaría a Suecia al día siguiente, pero cuando se despertaron no había señales de él. No estaba por ninguna parte. Desaparecido de la noche a la mañana. Said confiaba en el hombre y decidieron quedarse donde estaban durante una semana, en el mismo sitio del mismo campamento, pero ya no volvieron a verle el pelo. Nadia sabía que los habían estafado, eran cosas que pasaban, y también Said lo sabía, pero prefirió pensar durante unos días que al hombre le había ocurrido algo y que por eso no se había presentado, y cuando rezaba, Said no solo lo hacía por el regreso del hombre sino para que estuviera sano y salvo, hasta que vio que seguir rezando por él era una necedad, y a partir de entonces solo rezó por Nadia y por su padre, especialmente por su padre, que no estaba con ellos pero debería haber estado. Ahora, sin embargo, no había forma de volver, puesto que los militantes no tardaron en descubrir todas las puertas de la ciudad, y todo aquel que regresaba por una puerta y se sabía que había huido previamente de ellos era condenado a muerte.

Una mañana Said pidió prestado un cortapelos y pudo arreglarse la barba y dejarla como la tenía cuando Nadia y él se conocieron, y esa misma mañana le preguntó a ella por qué seguía llevando la túnica negra si en la isla no la necesitaba, y ella le contestó que tampoco en la ciudad había necesitado llevarla, cuando vivía sola, antes de que llegaran los militantes, pero que decidió hacerlo porque esa prenda transmitía una señal y ojalá la siguiera transmitiendo, a lo que él sonrió y le preguntó si la señal era también para él, y ella sonrió a su vez y dijo que para él no, que él la había visto sin nada.

Los fondos empezaban a escasear, les quedaba menos de la mitad del dinero con que habían partido. Ahora entendían mejor la desesperación que veían en los campos, el miedo en las miradas de la gente, miedo a quedar atrapados allí dentro para siempre, o hasta que el hambre los obligara a traspasar una de las puertas que conducían a lugares indeseables, las puertas que estaban sin vigilancia y que los internos llamaban ratoneras, pero a las que sin embargo algunas personas, resignadas, sobre todo las que habían agotado sus recursos económicos, acababan aventurándose para ir a parar al mismo sitio del cual habían huido recientemente, o a algún otro lugar desconocido, cuando pensaban que cualquier cosa sería mejor.

Said y Nadia fueron acortando sus excursiones a fin de conservar energía y, de este modo, reducir las necesidades de comida y bebida. Said compró una sencilla caña de pescar a un precio no exorbitante, debido a que tenía el carrete roto y había que sacar y recoger el sedal a mano. Nadia y él bajaron hasta el mar, eligieron una roca, pusieron miga de pan en el anzuelo e intentaron pescar, dos personas allí solas, rodeadas de agua que la brisa quebraba en opacos montículos ocultando así lo que había bajo la superficie, y pasaron horas y horas turnándose con la caña, pero ninguno de los dos había pescado nunca, o quizá es que no tuvieron suerte, y aunque notaron tirones no hicieron ninguna captura y fue como si hubieran estado dando de comer miga de pan al mar insaciable.

Alguien les había dicho que los mejores momentos para pescar eran al atardecer y al alba, de modo que pasaban más tiempo lejos y solos de lo que acostumbraban. Anochecía cuando vieron acercarse a cuatro hombres por la playa. Nadia dijo que había que irse y Said estuvo de acuerdo, de modo que echaron a andar, a paso vivo, pero en vista de que los cuatro hombres parecían seguirlos, Said y Nadia apretaron el paso, tanto como pudieron, incluso cuando Nadia resbaló y se hizo un corte en el brazo. Los hombres estaban ganando terreno y Said y Nadia se pusieron a hablar sobre las cosas de las que podían desprenderse para aligerar la carga, o para saciar la codicia de sus perseguidores. Said opinaba que probablemente iban detrás de la caña y esto pareció tranquilizarlos más que la otra alternativa, que era pensar en qué otra cosa podían querer aquellos hombres. Soltaron, pues, la caña de pescar, pero al poco rato, tras un recodo en el camino, vieron una casa y frente a ella varios guardias uniformados, lo cual quería decir que en dicha casa había una puerta a un lugar deseable. Said y Nadia nunca se habían alegrado tanto de ver guardias en la isla, de modo que se acercaron a la casa hasta que los guardias les gritaron que no dieran un paso más, y Said y Nadia se quedaron donde estaban para dejar claro que no pensaban irrumpir en la casa, sentados donde los guardias pudieran verlos y al mismo tiempo sentirse a salvo, y Said pensó incluso en ir a rescatar la caña pero Nadia le dijo que era demasiado arriesgado. Ambos lamentaban haberla tirado por el camino. Estuvieron atentos un buen rato pero no volvieron a ver a los cuatro perseguidores, y finalmente montaron la pequeña tienda allí mismo, aunque aquella noche casi no pegaron ojo.

Los días eran cada vez más cálidos y la primavera empezaba a asomar su nariz en Mikonos, mostrando brotes nuevos y flores aquí y allá. En todo el tiempo que llevaban en la isla Said y Nadia no habían ido una sola vez a la ciudad vieja, pues era territorio restringido para migrantes durante la noche y se les había desaconsejado ir allí incluso de día, salvo a las afueras, donde podían hacer trueque con los residentes, esto es, los que llevaban en la isla algo más que unos meses, pero como el corte que Nadia se había hecho en el brazo empezaba a llagarse, decidieron ir hasta los aledaños de la ciudad vieja para que se lo curaran. Una chica de la localidad, con la cabeza medio rasurada y buena disposición, y que no era ni médico ni enfermera sino simplemente voluntaria, todavía una adolescente a sus dieciocho o diecinueve años, le limpió y vendó la herida con cuidado, sosteniendo el brazo de Nadia como si fuera un objeto muy preciado, casi con timidez. Las dos mujeres se pusieron a hablar y congeniaron, y la voluntaria se mostró dispuesta a ayudar a Nadia y Said y les preguntó qué necesitaban. Ellos le dijeron que necesitaban, sobre todo, un medio de salir de la isla, y la chica respondió que tal vez podría hacer algo al respecto y que no se alejaran mucho y luego anotó el número de teléfono de Nadia, y cada día Nadia iba a la clínica y hablaba con la chica y a veces tomaban un café o fumaban un porro juntas y la chica parecía alegrarse mucho de verla.

La ciudad vieja era un primor, casas blancas de ventanas azules desperdigadas por las colinas bermejas hasta la orilla del mar, y desde las afueras Said y Nadia pudieron vislumbrar pequeños molinos de viento e iglesias de planta redonda y el vibrante verde de los árboles, que, vistos desde lejos, parecían plantas de maceta. Estar cerca de la ciudad vieja salía caro, pues los campos de migrantes de la zona parecían acoger a gente con más dinero, y Said empezaba a estar preocupado.

Pero la nueva amiga de Nadia fue fiel a su palabra, porque un día de buena mañana hizo montar a Nadia y Said en el asiento de atrás de su escúter y recorrieron las calles todavía tranquilas hasta una casa con patio encaramada a una loma. Entraron a toda prisa y allí había una puerta. La chica les deseó buena suerte y se abrazó a Nadia, y Said se sorprendió de que la chica tuviera los ojos llorosos, o al menos humedecidos, y Nadia la abrazó también, y el abrazo duró mucho, y finalmente ella y Said traspasaron el umbral y dejaron atrás la isla de Mikonos.

Fueron a salir a un dormitorio con vistas al cielo nocturno y con unos muebles tan caros y bien hechos que Said y Nadia pensaron que se encontraban en un hotel, de esos que salen en el cine y en las revistas lujosas, con maderas claras y alfombras de color crema y paredes blancas y brillo de metal aquí y allá, metal que reflejaba como un espejo, en los bordes de la tapicería de un sofá, en la base de las lámparas. Permanecieron quietos en el suelo confiando en no ser descubiertos, pero todo estaba en calma, tan silencioso que pensaron que debían de estar en el campo –ninguno de los dos tenía experiencia de acristalamiento con aislante acústico–, y que en el hotel todo el mundo debía de estar durmiendo.

Sin embargo, al ponerse de pie, desde la altura en que se encontraban, vieron lo que había bajo el cielo, a saber, que estaban en una ciudad, con edificios blancos enfrente, todos ellos perfectamente pintados y en perfecto estado de mantenimiento e idénticos entre sí, y que delante de cada uno de dichos edificios, surgiendo de huecos rectangulares en una acera pavimentada con losas rectangulares, o bien hormigón dispuesto como si fueran losas, había árboles, cerezos, con brotes nuevos y algunos capullos blancos, como si hubiera nevado hacía poco y la nieve hubiera cuajado en las ramas y las hojas a lo largo de toda la calle, árbol tras árbol, y se quedaron mirando embobados pues aquello les parecía casi irreal.

Aguardaron un poco, pero sabían que no podían quedarse eternamente en aquella habitación, así que al final probaron de abrir la puerta y resultó que la puerta no estaba cerrada con llave, y salieron a un pasillo al final del cual había una escalera, bajaron un tramo y fueron a parar a otra escalera, más amplia que la anterior, de donde partían diversas plantas con más dormitorios pero también salas de estar y grandes salones, y fue entonces cuando comprendieron que estaban en una especie de gran mansión, probablemente un palacio, con un sinfín de habitaciones y una maravilla detrás de otra y grifos de los que brotaba un agua que era como de manantial y cuyas burbujas formaban una espuma blanca y que era suave, sí, suave, al tacto.

Despuntaba el día en la ciudad y aún no los habían descubierto y Said y Nadia, sentados en la cocina, analizaron su situación. El frigorífico estaba casi vacío, lo que hacía pensar que nadie lo había usado recientemente, y aunque en los armarios había envases y latas de comida menos perecedera, no querían que nadie los llamara ladrones, de modo que sacaron la comida que llevaban en sus mochilas e hirvieron dos patatas para desayunar. Sí, en cambio, cogieron dos bolsitas de té de la casa y prepararon té y se sirvieron también una cucharadita de azúcar de la casa, y si hubiera habido leche quizá se habrían puesto un chorrito para el té, pero no encontraron leche por ninguna parte.

Encendieron un televisor con la idea de averiguar dónde estaban y no tardaron en determinar que se hallaban en Londres, y mientras miraban la televisión, con sus noticias por momentos apocalípticas, tuvieron la sensación de volver a una cierta normalidad, pues hacía meses que no veían la tele. Entonces oyeron un ruido a sus espaldas y descubrieron que allí había alguien, un hombre que los estaba observando, y Said y Nadia se pusieron de pie, él con la mochila a cuestas y ella con la tienda plegada, pero el hombre se volvió sin decir palabra y se fue escaleras arriba. No supieron qué conclusión sacar. Aquel individuo parecía tan sorprendido por el entorno como ellos mismos, y no vieron a nadie más hasta que se hizo de noche.

Con la oscuridad empezó a salir gente de la habitación de arriba, la misma por la que habían llegado Nadia y Said: una docena de nigerianos, más tarde unos cuantos somalíes, después una familia de las tierras fronterizas entre Birmania y Tailandia. Cada vez más y más personas. Unos abandonaban la casa tan pronto como podían, otros se quedaban, agenciándose un dormitorio o una sala de estar.

Said y Nadia eligieron un cuarto pequeño en la parte trasera, encima de la planta baja, provisto de un balcón desde el que, en caso necesario, podían saltar al jardín y desde allí, con suerte, escapar de la casa.

Tener una habitación para ellos solos –cuatro paredes, una ventana, una puerta con pestillo– era el colmo de la buena suerte, y Nadia estuvo tentada de deshacer el equipaje, pero como sabía que debían estar listos para salir en cualquier momento, sacó de la mochila únicamente lo más necesario. Por su parte, Said sacó la foto de sus padres que llevaba escondida entre la ropa y la colocó sobre un estante, arrugada como estaba, mirando hacia ellos y transformando el estrecho dormitorio, al menos provisionalmente, en algo parecido a un hogar.

Cerca había un cuarto de baño y Nadia tenía muchas ganas de darse una ducha, más aún que de comer. Said montó guardia junto a la puerta mientras ella se desvestía y observó aquel cuerpo flaco, más flaco que nunca, y con mugre que era básicamente de su propia cosecha biológica, sudor seco y piel muerta, con pelo en lugares donde ella nunca se lo dejaba crecer, y Nadia pensó que su cuerpo parecía el de un animal, un animal salvaje. El agua de la ducha salía a una presión estupenda y arrastró consigo toda la suciedad. Nadia la puso todo lo caliente que fue capaz de soportar, sintiendo cómo el calor le llegaba hasta los huesos, helados de tantos meses de pasar frío a la intemperie, y el cuarto de baño se fue llenando de vapor como un bosque en la montaña, vapor perfumado a pino y lavanda de los jabones que ella había encontrado, una especie de cielo en la tierra, y las toallas eran tan buenas y mullidas que cuando por fin salió de la ducha se sintió como una princesa, o al menos como la hija de un dictador dispuesto a matar sin piedad para que sus hijos pudieran gozar de algodones tan buenos, sentir aquella exquisita sensación en el abdomen y los muslos desnudos, unas toallas que parecían no haber sido estrenadas y que quizá nadie volvería a utilizar jamás. Nadia empezó a vestirse con las mismas prendas que había dejado dobladas, pero de repente no pudo soportarlo, pues el hedor que desprendían era insoportable, y se disponía a lavarlas en la bañera cuando oyó que aporreaban la puerta y pensó que quizá había cerrado por dentro. Al abrirla vio a Said, sucio, enfadado, nervioso.

–¿Se puede saber qué haces? –dijo él.

Ella sonrió y se acercó para besarle, y aunque sus labios llegaron a tocar los de él, Said no le correspondió.

—Llevas ahí horas —dijo él—. Esta casa no es nuestra.

—Serán solo cinco minutos. Tengo que lavar la ropa.

Said la miró pero no puso reparos, y aunque los hubiera puesto, ella en el fondo supo que habría lavado la ropa tanto si le gustaba a él como si no. Lo que estaba haciendo, lo que acababa de hacer, pensaba ella, no era una frivolidad sino algo básico, una forma de ser consecuente con lo que uno era, de respetarse como ser humano, de ahí que fuese importante, y si había que discutir, se discutía.

Pero los extraordinarios placeres del humeante cuarto de baño parecieron evaporarse en cuanto hubo cerrado la puerta, y lavar aquellas prendas, ver cómo el agua turbia corría hacia el desagüe de la bañera, fue de una decepcionante funcionalidad. Nadia intentó recuperar su buen ánimo anterior y no enfadarse con Said, pues sabía que tenía parte de razón, simplemente no estaban bailando al mismo ritmo, y cuando salió del baño envuelta en la toalla, o las toallas, pues llevaba una alrededor del cuerpo y otra en la cabeza, y con la ropa goteando pero limpia en sus manos, lo hizo dispuesta a olvidarse del pequeño pique entre los dos.

Pero Said, al verla, dijo:

—Aquí no puedes ir de esa manera.

—No me digas lo que puedo o no puedo hacer.

Estas palabras parecieron herirle, y enojarlo, pero ella estaba tan enojada como él, y después de que Said se hubiera bañado y hubiera lavado sus prendas, cosa que tal vez hizo como gesto de conciliación o tal vez porque, limpio de toda la mugre, también él comprendió algo de lo que ella había comprendido antes, se acostaron en la pequeña cama individual y no hablaron ni se tocaron, o no más de lo inevitable en aquel espacio tan reducido, y aquella noche fueron como un matrimonio que llevaran muchos años juntos pero no felices, una pareja que de las oportunidades de placer solo sacara desdicha.

Nadia y Said habían traspasado un sábado por la mañana y el lunes siguiente, por la mañana, cuando llegó la mujer de la limpieza, la casa estaba ya bastante llena, habría unos cincuenta okupas, desde niños pequeños hasta ancianos, procedentes de tan al oeste como Guatemala y de tan al este como Indonesia. La mujer gritó al abrir la puerta principal y al poco rato se presentaba la policía, dos hombres con anticuado casco negro, pero solo miraron desde fuera y no llegaron a entrar. Pronto llegó un furgón repleto de guardias con equipo antidisturbios y luego un coche patrulla con dos agentes más, vestidos con camisa blanca y chaleco negro antibalas y armados con lo que parecían metralletas, y sus chalecos negros lucían la palabra «policía» en letras blancas, pero a Said y Nadia les parecieron soldados.

Los residentes de la casa estaban muertos de miedo; la mayoría de ellos había visto de primera mano lo que podían hacer la policía y los militares, y el pánico los hizo hablar más de lo que habrían hecho normalmente, desconocidos hablando con desconocidos. De ello surgió una cierta camaradería, cosa que no habría ocurrido de haber estado en la calle, a la intemperie, pues en tal caso probablemente se habrían dispersado y sálvese quien pueda, pero estaban allí encerrados, todos juntos, y el estar encerrados los convertía en una agrupación, un grupo.

Cuando la policía los conminó por los megáfonos a salir de la casa, casi todo el mundo estuvo de acuerdo en no obedecer, y aunque unos pocos salieron, la inmensa mayoría se quedó, entre ellos Nadia y Said. El plazo que les habían dado tocaba a su fin, y cuando se cumplió no pasó nada; ellos estaban todavía dentro y la policía no había cargado, y eso les hizo pensar que habían conseguido una suerte de tregua, pero entonces ocurrió algo que nadie se esperaba: otras personas empezaron a congregarse en la calle, personas de piel oscura, o menos oscura, incluso algunas de piel clara, todas muy desaliñadas, como la gente de los campamentos de Mikonos, y aquella gente formó una muchedumbre. Empezaron a aporrear cacharros de cocina con cucharas y a entonar cánticos en diversas lenguas, y al poco rato la policía decidió retirarse.

Aquella noche hubo calma y silencio en la casa, aunque esporádicamente, y hasta muy tarde, se oyó cantar a alguien, bellas melodías en idioma igbo, y Said y Nadia estaban acostados y cogidos de la mano en la blanda cama de su cuarto en la parte de atrás, escuchando aquella especie de nana que los reconfortaba, aunque no por ello dejaron la puerta abierta, sino cerrada con pestillo. Al amanecer oyeron que alguien llamaba a la oración, a lo lejos, tal vez por una máquina de karaoke requisada, y Nadia se alarmó pues acaba de despertar de un sueño y por un momento pensó que estaba de vuelta en su ciudad, en su piso, con los militantes, pero luego recordó dónde se encontraba y vio, con cierta sorpresa, que Said se levantaba de la cama para orar.

Casas, parques y solares en desuso iban llenándose de esta forma por todo Londres, unos decían que los migrantes llegaban al millón, otros que al doble. Por lo visto, cuanto más vacío era el espacio urbano, más okupas atraía, y de manera muy especial las mansiones abandonadas de los barrios de Kensington y Chelsea, cuyos dueños ausentes se enteraban con frecuencia de lo ocurrido demasiado tarde como para intervenir. También las grandes extensiones de Hyde Park y de Kensington Gardens se llenaron de tiendas de campaña y toscos cobertizos, hasta el punto de que ya se decía que entre Westminster y Hammersmith los residentes legales estaban en minoría, aparte de que cada vez eran menos los oriundos de la ciudad, y la prensa local calificaba aquella zona del peor de los agujeros negros en el conjunto de la nación.

Pero si bien llegaba gente en masa a Londres, había asimismo quien optaba por marcharse. Un contable de Kentish Town que había estado a punto de quitarse la vida descubrió un buen día el negro de una puerta allí donde antes había estado la entrada a su pequeño pero bien iluminado segundo dormitorio. Aunque lo primero que hizo fue ir a por el palo de hockey que su hija había dejado en el armario, junto con otras muchas cosas, antes de su año sabático, y luego sacar su teléfono para llamar a la policía, de repente el contable pensó que para qué se tomaba la molestia, guardó el palo y el teléfono, llenó la bañera de agua como había pensado hacer y depositó el cúter que había comprado sobre la pequeña repisa festoneada, al lado del jabón orgánico que su ex-novia no volvería a usar nunca más.

Se recordó a sí mismo que, para ser eficaz, tenía que hacer el corte a lo largo, antebrazo arriba, no de lado a lado, y aunque la idea del dolor le repugnaba, como también que lo encontraran desnudo, le parecía que era la mejor manera de irse, todo bien pensado y planeado. Pero aquella negrura lo tenía inquieto, le recordaba algo, una sensación, sensación que asoció a libros infantiles, libros que había leído de niño, o mejor libros que le había leído su madre, una mujer de suave ceceo y suave abrazo, que no es que se hubiera muerto demasiado joven pero sí deteriorado demasiado joven, privada del habla, y de la personalidad, a causa de su enfermedad, un proceso que afectó también al padre del contable, convirtiéndolo en una persona distante. Y al pensar en todas estas cosas, el contable se dijo que por qué no traspasar la puerta, una vez nada más, y así ver lo que había al otro lado, y eso fue lo que hizo.

Su hija y su mejor amigo recibirían más adelante una foto de él en un litoral donde no parecía haber árboles, un litoral del desierto o, en todo caso, un litoral seco, con ondulantes dunas, un litoral de Namibia, junto con un mensaje diciendo que no iba a volver pero que no se preocuparan por él, que ahora sentía algo, por fin, y que se alegraría si se animaban a bajar, y que si se decidían a hacerlo, en su piso encontrarían la puerta para cruzar. Ya no se supo más de él, desapareció como había desaparecido su Londres, y ninguna de las personas que le conocía supo decir cuánto tiempo se quedó en Namibia.

Los residentes de la casa en la que Nadia y Said estaban ahora se preguntaban si habían ganado la batalla. Estar bajo techo era el paraíso, pues muchos de ellos no habían disfrutado de un techo digno durante meses y meses, pero en el fondo sabían que una mansión como aquella, un palacio como aquel, no iba a ser entregado tan fácilmente, de ahí que no se animaran a cantar victoria.

El ambiente de la casa lo vivía Nadia como el de un dormitorio estudiantil en el inicio del curso, completos desconocidos viviendo los unos pegados a los otros, buena parte de ellos comportándose lo mejor posible, intentando aportar calidez a la conversación y aparentar amistad, con la esperanza de que andando el tiempo todo ello resultara más natural. En el exterior de la casa reinaban el azar y el caos, pero dentro, con un poco de esfuerzo, se podría crear un cierto orden, formar incluso una comunidad. Había gente ruda en la casa, pero ¿acaso no la había en todas partes? Y en la vida cotidiana había que lidiar con la rudeza. Esperar cualquier otra cosa, le parecía a Nadia, era una insensatez.

A Said la experiencia le estaba crispando un poco los nervios. En Mikonos había preferido vivir en los aledaños de los campamentos, disfrutar de cierta independencia con respecto a los otros refugiados. Recelaba más que nada de los hombres, y eran muchos los que había en la casa, y le incomodaba estar todo el día apretujado con gente que hablaba en idiomas que él no entendía. A diferencia de Nadia, se sentía un poco culpable por haber ocupado junto con los demás inquilinos una casa que no les pertenecía, y culpable también por el patente deterioro que su presencia, la presencia de más de cincuenta personas en una misma morada, traía consigo.

Said fue el único que protestó cuando la gente empezó a arramblar con cosas de valor que había en la casa, actitud que Nadia juzgaba absurda y, por lo demás, peligrosa para Said, de ahí que le dijese que no fuera idiota, tal cual, no para herirlo sino para protegerlo, pero a él le chocó que le hablara en ese tono y, aunque consintió, no pudo evitar preguntarse si esa manera nueva de dirigirse el uno al otro, esa nota discordante que últimamente asomaba de vez en cuando, era un indicador del camino que llevaban como pareja.

También Nadia advirtió la fricción entre ellos. No tenía claro cómo frenar los ciclos de irritación en los que parecían estar entrando, pues una vez que empiezan, tales ciclos son difíciles de romper, por no decir que todo lo contrario, como si el umbral del enfado fuera cada vez un poco más bajo, que es lo que ocurre con ciertas alergias.

La comida que había en la casa duró pocos días. Algunos residentes tenían dinero para comprar más, pero la gran mayoría se vio obligada a espabilarse, en otras palabras a acudir a los almacenes y los comedores sociales donde diversas agrupaciones repartían raciones de comida o servían sopa y pan gratis. Las existencias se les agotaban a diario en cuestión de horas, de minutos a veces, y la única alternativa que quedaba era hacer algún trueque con el vecino, el pariente o el conocido, y como la mayoría de la gente tenía poco que ofrecer en trueque, ofrecía la promesa de algo que comer al día siguiente, o al otro, a cambio de algo que comer en el presente día, lo que convertía la operación en un trueque, no tanto de un bien por otro, sino de tiempo.

Un día que volvían a casa sin comida pero con la barriga relativamente llena, pues la tarde se les había dado bastante bien picoteando aquí y allá, Nadia con el regusto dulzón y la acidez típicos de la mostaza y el kétchup y Said entretenido mirando su teléfono, oyeron gritos más adelante y al ver gente que corría se dieron cuenta de que su pacífica calle, Palace Gardens Terrace, estaba siendo atacada por una turba de nativistas, en franca contradicción con su nombre. A Nadia le pareció estar viendo una tribu extraña y violenta empeñada en acabar con ellos, algunos de sus miembros armados con barras de hierro o cuchillos, y enseguida Said y ella dieron media vuelta y echaron a correr, pero fue en vano.

Nadia recibió un golpe en un ojo, que pronto se le cerraría de tan hinchado, y Said tenía un labio partido y la sangre le resbalaba mentón abajo hasta la chaqueta, y aterrorizados como estaban se cogieron de la mano con todas sus fuerzas para impedir que los separaran, pero los tumbaron a golpes como a tantos otros, y aquella noche de disturbios en esa zona de Londres solo murieron tres personas, lo que no era mucho en comparación con lo normal en el lugar de donde procedían.

Por la mañana, y como la cama se les hacía estrecha, pues ambos se dolían de sus heridas, Nadia empujó a Said con la cadera en un intento de ganar espacio, y Said hizo lo propio, intentando lo mismo que ella, y Nadia se enfadó pero luego se volvieron el uno hacia el otro y él le tocó el ojo hinchado y ella soltó un bufido y le tocó a él el labio hinchado, y entonces se miraron y acordaron tácitamente empezar el día sin gruñirse.

Tras los disturbios, en la televisión no se hablaba más que de una gran operación, de ciudad en ciudad, empezando por Londres, con el objetivo de reclamar Gran Bretaña para los británicos, y se decía que iba a intervenir el ejército, además de la policía, así como exmilitares y expolicías y voluntarios que habían asistido a un cursillo de entrenamiento de una semana. Said y Nadia oyeron decir que los radicales nativistas estaban formando sus propias legiones con el beneplácito de las autoridades, y lo más comentado en las redes sociales era una inminente noche de cuchillos largos, aunque todo ello requería tiempo para organizarlo bien, y en ese tiempo Said y Nadia debían tomar una decisión: o quedarse o marcharse.

Al ponerse el sol escuchaban música en su pequeña habitación con el teléfono de Nadia, utilizando el altavoz incorporado. Habría sido sencillo obtener la música desde diversas páginas web, pero intentaban ahorrar en todo lo que podían, incluidos los paquetes de datos que habían comprado para sus móviles, así que Nadia descargaba versiones pirata cuando podía encontrarlas y eso era lo que escuchaban. De todos modos, ella estaba contenta de haber podido reconstruir sus archivos de música: sabía por experiencia que no podía confiar en la disponibilidad del material online.

Una noche puso un disco que sabía que a Said le gustaba, uno de un grupo muy popular en su ciudad cuando ambos eran adolescentes, y él se sorprendió y se alegró de oírlo, pues sabía bien que ella no era muy aficionada a la música pop de su país, y dedujo que Nadia lo había puesto especialmente para él.

Estaban sentados con las piernas cruzadas en la estrecha cama, la espalda apoyada en la pared, y Said puso la palma de la mano sobre su rodilla. Nadia se la cogió.

—A ver si conseguimos no volver a hablarnos en plan mal –dijo.
Él sonrió.

–¿Lo prometemos?

–Yo sí.

–Yo también.

Aquella noche él le preguntó cuál era su ideal, si vivir en una metrópolis o en el campo, y ella le preguntó si se imaginaba a los dos instalándose en Londres para quedarse, y hablaron de que las casas como aquella en que estaban viviendo podrían dividirse en pisos y también de la posibilidad de empezar en alguna otra parte, ya fuera en Londres o en otra ciudad más lejana.

Cuando hacían estos planes se sentían unidos otra vez, como si los acontecimientos importantes los distrajeran de las realidades más mundanas de la vida, y a veces, mientras barajaban sus opciones en aquella habitación, de repente se miraban como recordando, cada uno por su parte, quién era el otro.

Volver a su lugar de nacimiento estaba descartado, y sabían que en otras ciudades deseables de otros deseables países debían de estar ocurriendo escenas parecidas, escenas de violencia nativista, y pese a haber hablado de marcharse de Londres, finalmente se quedaron. Empezaban a circular rumores de que se estaba estrechando el cerco, un cerco a los barrios londinenses con menos puertas, de ahí que cada vez llegaran menos migrantes y que aquellos que no podían aportar papeles de residencia estuvieran siendo enviados a grandes centros construidos en el cinturón verde de la ciudad, concentrando a los que quedaban en guetos cada vez más reducidos. Tanto si era cierto como si no, era innegable que en la zona de Kensington y Chelsea y los parques adyacentes la densidad de migrantes era cada vez mayor, y alrededor de dicha zona había soldados y vehículos blindados, así como vigilancia aérea por medio de drones y helicópteros. Era allí donde estaban Nadia y Said, que habían huido ya de una guerra y no sabían adónde ir, de modo que esperaban y esperaban, como tantos otros.

Y, sin embargo, mientras esto ocurría, grupos de voluntarios llevaban comida y medicamentos a la zona, asociaciones humanitarias estaban trabajando y el gobierno no les había prohibido actuar, como sí habían hecho varios gobiernos de los que huían los migrantes, y en todo esto había esperanza. A Said en concreto le conmovió un chico nativo, recién salido del instituto, o quizá en el último curso, que acudía a la casa y administraba vacunas contra la polio por vía oral, no solo a los niños sino también a adultos, y aunque mucha gente recelaba de las vacunas y muchos más, como era el caso de Nadia y de Said, estaban ya vacunados, aquel muchacho mostraba tanto fervor, tanta empatía y buenas intenciones que, aunque algunos ponían reparos, ninguno se veía con ánimos de rechazarlo.

Said y Nadia habían vivido el preámbulo del conflicto, de ahí que la sensación que dominaba Londres en aquellos días no fuese nueva para ellos, y si bien no la afrontaban con valentía, tampoco lo hacían con pánico, o no del todo, más bien con una resignación entreverada de momentos de tensión, tensión que iba y venía como las mareas, y cuando la tensión bajaba había calma, esa calma que se dice precede a la tormenta pero que es en realidad el fundamento de toda vida humana y que nos espera a todos entre los pasos de nuestra marcha hacia la mortalidad, cuando nos vemos obligados a parar y no actuar, sino ser.

Los cerezos de Palace Gardens Terrace explotaron por esos días, un mundo de capullos blancos, lo más parecido a la nieve que muchos de los nuevos residentes en aquella calle habían visto nunca, mientras que a otros les recordó a un campo de algodón listo para la cosecha, a la espera de mano de obra, del esfuerzo de cuerpos oscuros procedentes de las aldeas, y en aquellos árboles había ahora cuerpos oscuros, niños que trepaban y jugaban entre las ramas como pequeños monos, no porque ser oscuro lo asemeje a uno a los simios, aunque eso se ha dicho y se estaba diciendo y se va a seguir diciendo con la boca pequeña, sino porque los humanos son monos que han olvidado que lo son y en consecuencia han perdido respeto a lo que les vio nacer, al mundo de la naturaleza, pero no aquellos niños, que estaban entusiasmados en plena naturaleza, jugando a juegos inventados, cada niño perdido cual aeróstata o piloto o fénix o dragón entre las blancas nubes de los cerezos, y ante la inminencia de un derramamiento de sangre convertían esos árboles, que probablemente no nacieron para que la gente trepara a ellos, en universo de un sinfín de fantasías.

Una noche apareció un zorro en el jardín de la mansión donde Said y Nadia se hospedaban. Said se lo hizo ver a Nadia señalando desde la ventana de su pequeño dormitorio y a ambos les chocó y se preguntaron cómo podía sobrevivir en Londres un animal como aquel, y de dónde podía haber salido. Cuando preguntaron a otros residentes si alguien había visto un zorro, todo el mundo dijo que no; unos sugirieron que probablemente se habría colado por una de las puertas, otros dijeron que seguramente estaba en el campo y se había extraviado, y otros en fin aseguraron que en esa zona de Londres se sabía que había zorros, e incluso una anciana les dijo que lo que habían visto no era un zorro, sino el amor que ellos se tenían. Nadia y Said no supieron si hablaba de que el zorro era un símbolo viviente o de si el zorro era fantasía, simple sensación y nada más, y cuando otros fueron a mirar, no vieron ningún zorro por allí.

La mención al amor que se tenían hizo que Said y Nadia se sintieran un poco incómodos, ya que últimamente no estaban muy románticos y cada cual por su lado notaba todavía que su presencia crispaba al otro, y lo achacaron al hecho de estar demasiado pegados, un estado de proximidad antinatural del que cualquier relación entre dos personas se resentiría. Empezaron a ir cada uno por su lado durante el día, una separación que ambos vivieron con alivio pese a que a Said le preocupaba lo que podía pasar si la ofensiva para limpiar la zona donde estaban empezaba de repente y no les daba tiempo a volver a casa, sabiendo por experiencia que un teléfono móvil podía ser una conexión caprichosa, pues su señal, que en circunstancias normales se suponía que era como la luz del sol, o de la luna, era susceptible de experimentar en el acto un eclipse interminable, y a Nadia le preocupaba la promesa que le había hecho al padre de Said, a quien ella llamaba también «padre», de no abandonarle mientras corriera algún peligro, la inquietaba la posibilidad de no ser fiel a su promesa y que ello significara traicionar los valores en los que creía.

Pero liberados de una proximidad claustrofóbica durante el día, explorando por separado, se reencontraban luego por la noche con mayor afecto, aunque a veces ese afecto parecía más el de dos parientes que el de dos enamorados. Empezaban sentándose en el balcón de su cuarto y esperaban a que apareciera el zorro abajo en el jardín, un animal tan noble, noble pese a su afición a revolver en la basura.

Mientras allí estaban, algunas veces se tomaban de las manos, incluso se besaban a veces, y de cuando en cuando sentían revivir aquel fuego por lo demás decreciente y se iban a la cama para torturarse físicamente, sin llegar a la cópula, sin que lo necesitaran ya, pues recurrían a un ritual distinto que de todos modos los dejaba satisfechos. Y luego dormían, o si no les venía el sueño salían de nuevo al balcón y esperaban la llegada del zorro, un zorro que era imprevisible, a veces comparecía y a veces no, pero a menudo lo hacía, y en esas ocasiones se sentían aliviados pues significaba que el zorro no había desaparecido ni lo habían matado, no se había buscado otro sitio donde vivir. Una noche el zorro encontró entre la basura un pañal sucio, lo olfateó, como extrañado de su hallazgo, y luego lo fue arrastrando por el jardín, ensuciando la hierba, cambiando de rumbo una y otra vez, como un cachorro con un juguete, o un oso con un desventurado cazador entre sus fauces, moviéndose en todo caso con un plan y un impredecible desenfreno, y cuando terminó el pañal estaba hecho pedazos.

Aquella noche estaban sin luz pues las autoridades la habían cortado, y Kensington y Chelsea quedaron a oscuras. Con la oscuridad llegó el miedo, y la llamada a la oración que solían oír a lo lejos, en el parque, no sonó. Said y Nadia supusieron que el reproductor de karaoke que probablemente se había utilizado para esa tarea no podía funcionar con pilas.

La complejidad de la red eléctrica londinense facilitó que en el distrito de Said y Nadia quedaran algunas motas de resplandor nocturno, en fincas aledañas, cerca de donde fuerzas gubernamentales tenían sus barricadas y puestos de control, y también en puntos dispersos que por alguna razón eran difíciles de desconectar, e incluso en algún que otro edificio donde un migrante emprendedor había hecho un empalme a una línea de alto voltaje todavía en funcionamiento, arriesgándose a morir electrocutado, como ocurrió en varios casos. Aun así, Said y Nadia estaban rodeados por una oscuridad abrumadora.

De Mikonos no habrían dicho que estuviera bien iluminada, pero la electricidad llegaba dondequiera que hubiese cables. En la ciudad de la que habían huido, si se iba la luz quería decir que no había luz en ninguna parte. En Londres, sin embargo, algunas zonas seguían tan iluminadas como siempre, más luminosas que nada que Said o Nadia hubieran visto jamás, una iluminación que se elevaba hacia el cielo y que las nubes reflejaban hacia abajo otra vez; en contraste, las franjas oscuras de la ciudad parecían más oscuras todavía, más elocuentes, del mismo modo en que la negrura del océano sugiere no tanto una disminución de luz en las alturas cuanto una brusca disminución de luz en las grandes profundidades.

Desde el Londres sin luz, Said y Nadia se preguntaban cómo debía de ser vivir en el Londres iluminado, donde imaginaban a la gente cenando en restaurantes de postín o viajando en relucientes taxis negros o, cuando menos, yendo a trabajar a oficinas y comercios y libres de desplazarse a su antojo. En el Londres a oscuras, los desperdicios se acumulaban pues nadie pasaba a recogerlos, las estaciones del metro estaban cerradas. Los trenes pasaban de largo en las paradas de la zona de Said y Nadia, pero los oían bajo sus pies, un rumor de una frecuencia grave y potente, casi subsónica, como el trueno o como la detonación de una bomba grande en la distancia.

Por la noche, en tinieblas, mientras drones y helicópteros y globos de vigilancia merodeaban en lo alto de forma intermitente, a veces se producían peleas y había también asesinatos, violaciones y atracos. Algunos, en el Londres sin luz, achacaban esos actos a provocadores nativistas; otros culpaban a los propios migrantes y empezaron a mudarse, a guisa de naipes recién repartidos de un mazo en una partida, reagrupándose en escaleras y grupos del mismo palo, iguales con iguales o, mejor dicho, superficialmente iguales con superficialmente iguales, todos los corazones juntos, todos los tréboles juntos, todos los sudaneses, todos los hondureños.

Said y Nadia no se mudaron, pero su casa empezó a cambiar. Los nigerianos eran uno de los grupos más numerosos entre los residentes, aunque a menudo una familia no nigeriana cambiaba de casa y su lugar era casi siempre ocupado por otros nigerianos, de modo que la casa empezó a ser conocida como una casa de nigerianos, igual que las dos casas contiguas. Los nigerianos de mayor edad en esas tres casas solían reunirse en el jardín de la finca a la derecha de la de Said y Nadia, y a ese encuentro lo llamaban el consejo. Asistían mujeres y hombres, pero la única persona claramente no nigeriana que asistía era Nadia.

La primera vez que se presentó, los demás pusieron cara de sorpresa, no solo debido a la etnia de Nadia sino también a su edad relativamente joven. Se produjo un momentáneo silencio, pero entonces una anciana tocada con turbante, que vivía con su hija y sus nietos en el dormitorio que había justo encima del de Nadia y Said, y a quien Nadia había ayudado más de una vez a subir las escaleras, pues dicha mujer era de porte regio pero también un tanto obesa, la anciana en cuestión le hizo una seña a Nadia para que se quedara de pie a su lado, junto a la butaca de jardín en la que estaba sentada la anciana. Eso pareció resolver el problema, y ya nadie hizo preguntas ni le pidió a Nadia que se fuera.

Al principio ella no entendía casi nada de lo que decían los reunidos, solo alguna palabra suelta, pero con el tiempo empezó a entender frases enteras, y entendió también que no todos los nigerianos eran en realidad nigerianos pues había medio nigerianos, o de lugares fronterizos con Nigeria, de familias con miembros a ambos lados de una frontera, y le pareció entender asimismo que el nigeriano como tal no existía, al menos no como unidad, pues diferentes nigerianos hablaban diferentes lenguas entre ellos y pertenecían a religiones diferentes. El grupo del jardín conversaba en una lengua que bebía en gran parte del inglés, pero no solo era inglés, y en todo caso había allí gente más familiarizada que otra con el inglés. Hablaban, además, distintas variantes del idioma, diferentes ingleses, de modo que cuando Nadia expresaba alguna idea u opinión, no tenía que temer que sus puntos de vista no fueran comprendidos, ya que su inglés era como el de ellos, uno más entre muchos.

Las actividades del consejo eran rutinarias: tomar decisiones sobre disputas por una habitación o sobre acusaciones de robo o conducta impropia de vecinos, así como sobre las relaciones con otras casas de la misma calle. Las deliberaciones adolecían de lentitud y solían ser engorrosas, y en consecuencia no podía decirse que aquellas reuniones fueran apasionantes. Sin embargo, Nadia las esperaba con ilusión. Las veía como algo nuevo, como el nacimiento de algo nuevo, y aquellas personas que se parecían y al mismo tiempo no se parecían a las que ella había conocido en su ciudad, que le eran familiares y extrañas a la vez, le parecían interesantes, y que la hubieran aceptado o que, al menos, la toleraran lo encontraba gratificante, un logro en cierta manera.

Entre los nigerianos jóvenes Nadia adquirió un cierto estatus especial, quizá porque la veían con sus mayores, o quizá a causa de su hábito negro, y tanto los adultos nigerianos jóvenes como los chicos y las chicas nigerianos de más edad, que siempre tenían a punto alguna crítica contra muchos de los otros residentes, raramente le decían nada de esta índole a ella, o a otros acerca de ella, al menos en su presencia. Nadia iba y venía sin ser molestada por los atestados pasillos y habitaciones, sin ser molestada salvo por una nigeriana de su misma edad que hablaba como una metralleta, vestía cazadora de cuero y tenía un diente astillado, una mujer con pinta de pistolero, los muslos bien separados y el cinturón caído y las manos colgando a los costados, y de cuyos azotes verbales no se salvaba nadie, comentarios que perseguían al objeto de sus pullas incluso después de que este hubiera pasado de largo.

Más incómodo le resultaba a Said. Dado que era hombre y joven, los otros hombres jóvenes le echaban un repaso de vez en cuando, como suelen hacer los jóvenes varones, lo cual le desconcertaba. No es que en su país no le hubiera ocurrido algo semejante, que sí, pero en la casa él era el único representante masculino de dicho país, mientras que quienes le echaban un repaso eran de otro país, aparte de que eran muchos, y él solo uno. Esto tocaba una fibra básica, tribal, provocaba tensión y una suerte de miedo reprimido. Said no sabía con certeza cuándo podía relajarse, o si podía siquiera, de modo que cuando estaba fuera de su habitación pero dentro de la casa, rara vez se sentía completamente a gusto.

Un día, al entrar solo, pues Nadia estaba en una reunión del consejo, la mujer de la cazadora de cuero se plantó en el pasillo cortándole el paso con su estrecha y desmadejada figura, la espalda apoyada en una pared y un pie apoyado en la de enfrente. Said no quería reconocerlo pero aquella mujer lo intimidaba, temía su intensidad y la rapidez y lo imprevisible de sus palabras, palabras que él muchas veces no comprendía pero que provocaban risa en los otros. Said se quedó donde estaba, esperando a que ella le dejara pasar. Viendo que la mujer no se apartaba, dijo con permiso, y ella dijo permiso para qué. En realidad dijo algo más, pero él solo entendió esa frase. A Said le molestó, y le alarmó también, que la mujer estuviera jugando con él y pensó en dar media vuelta y volver más tarde. Pero en ese momento advirtió que detrás de él había un hombre, un nigeriano de aspecto rudo. Said había oído decir que aquel hombre tenía un arma, si bien no pudo ver que la llevara encima, pero muchos de los migrantes del Londres sin luz habían empezado a llevar cuchillos y otras armas, dado que se hallaban en estado de sitio y podían ser atacados en cualquier momento por fuerzas del gobierno, o en determinados casos tenían ya predisposición a portar armas puesto que lo hacían en sus respectivos países de origen, y ahora seguían haciéndolo, como Said sospechaba que era el caso de aquel hombre en concreto.

Said quería correr, pero no tenía adónde, de modo que intentó disimular su pánico. Entonces la mujer de la cazadora de cuero retiró el pie de la pared dejando sitio para que Said pasara, cosa que él hizo, rozando el cuerpo de ella al pasar y sintiéndose castrado al hacerlo, y una vez a solas en el cuarto que compartía con Nadia se sentó en la cama y notó el pulso agitado y le entraron ganas de gritar y de acurrucarse en un rincón, pero lógicamente no hizo ni una cosa ni otra.

En Vicarage Gate, nada más doblar la esquina, había una casa de la que se sabía que era de gente de su mismo país, y Said empezó a pasar cada vez más tiempo allí, atraído por las lenguas y los acentos familiares y por los familiares aromas culinarios. Una tarde se presentó a la hora del rezo y decidió sumarse a sus paisanos para orar en el jardín de la parte de atrás, bajo un cielo de un azul chillón, un azul que se habría dicho de otro mundo, ausente el polvo que flotaba en la ciudad donde él había pasado toda su vida, y también por encontrarse en una latitud más elevada, una posición diferente sobre la Tierra en rotación, más cerca del polo que del ecuador, y en consecuencia vislumbrando el vacío desde un ángulo diferente, un ángulo más azul, y mientras oraba tuvo la sensación de que hacerlo allí, en el jardín de aquella casa y en compañía de aquellos hombres, era diferente. Le hizo sentirse parte de algo, no solamente de algo espiritual sino de algo humano, parte de aquel grupo, y durante un segundo que le resultó desgarradoramente doloroso pensó en su padre, y entonces un hombre barbudo con dos marcas blancas en el negro a cada lado del mentón, marcas como las de un gato grande o un lobo, rodeó con el brazo a Said y le dijo hermano, ¿quieres un poco de té?

Ese día Said consideró que había sido realmente aceptado en la casa y se le ocurrió preguntar al hombre de la barba con marcas blancas si no habría sitio para Nadia, a quien llamó su esposa, y él. El hombre le dijo que siempre había sitio para un hermano y una hermana, pero que por desgracia no tenían una habitación libre que pudieran compartir, aunque Said podía compartir con los otros hombres de la casa el suelo de la sala de estar, siempre y cuando, claro está, no le importara dormir en el suelo, y ella podría dormir arriba con las mujeres. Desgraciadamente él mismo estaba separado de su propia esposa, ella arriba y él abajo, y eso que habían sido de los primeros en llegar, pero fue la única manera civilizada que se les ocurrió de meter a tanta gente en la casa, y la única correcta.

Cuando Said le contó a Nadia la buena noticia, ella reaccionó como si la noticia fuera cualquier cosa menos buena.

–¿Y por qué habríamos de mudarnos? –dijo.

–Para estar con los nuestros –respondió Said.

–¿Por qué dices que son los nuestros?

–Porque son de nuestro país.

–Del país donde nacimos.

–Sí. –Said intentó disimular su enfado.

–Pero nos fuimos de allí.

–Eso no significa que ya no tengamos relación.

–Esa gente no es como yo.

–No los conoces.

–Ni falta que hace. –Nadia dejó escapar un largo y tenso suspiro–. Aquí tenemos una habitación propia –dijo, suavizando el tono–. Para nosotros solos. Todo un lujo. ¿Qué sentido tiene renunciar a esto para dormir separados, y entre docenas de desconocidos?

Said no supo qué responder. Al meditarlo más tarde, admitió que era raro, en efecto, que estuviera dispuesto a renunciar a su habitación a cambio de dos plazas separadas y con una barrera entre los dos, igual que cuando vivían en casa de los padres de él, un tiempo del que ahora guardaba buenos recuerdos a pesar de los horrores, buenos recuerdos en cuanto a lo que sentía entonces por Nadia y Nadia por él, a lo bien que se sentían juntos. Decidió no insistir, pero aquella noche, cuando Nadia acercó la cara a la suya, lo suficiente para hacerle cosquillas en los labios con su aliento, Said fue incapaz de aportar el entusiasmo necesario para salvar la pequeñísima distancia que los separaba de besarse.

A diario un escuadrón de cazas surcaba el cielo, recordándoles a gritos a los del Londres sin luz la superioridad tecnológica de sus adversarios, las fuerzas nativistas y gubernamentales. En las fronteras de su distrito Said y Nadia habían podido ver tanques y vehículos blindados, así como un despliegue de comunicaciones y robots que andaban o reptaban como animales, transportando material para los soldados o ensayando la desactivación de explosivos o disponiéndose tal vez a hacer quién sabe qué otra tarea. Más aún que los cazas y que los carros de combate, estos robots, por pocos que hubiera, y los drones sobre sus cabezas, eran terroríficos porque transmitían una imparable eficiencia, un poder inhumano, y evocaban esa clase de miedo que experimenta el pequeño mamífero ante un depredador de un orden completamente diferente, pongamos un roedor frente a una serpiente.

En reuniones del consejo Nadia oyó hablar a los ancianos de qué había que hacer cuando por fin se produjera la ofensiva. Todos estaban de acuerdo en que lo primordial era gestionar la impetuosidad de los más jóvenes, puesto que toda resistencia armada conduciría probablemente a una matanza, y la no violencia era la respuesta más convincente desde su punto de vista: afearles la conducta a los atacantes. En esto todo el mundo estuvo de acuerdo excepto Nadia, que no sabía muy bien qué pensar, que había visto lo que le pasa a la gente cuando se rinde, tal como su antigua ciudad se rindió a los militantes, y que pensaba que los jóvenes estaban en su derecho a valerse de pistolas y cuchillos, puños y dientes, pues a veces el pequeño lograba mantenerse a salvo del grande merced a su ferocidad. Pero lo que decían los mayores también era sensato, de modo que no estaba segura.

Tampoco Said estaba seguro, pero en la casa donde estaban sus compatriotas el hombre de la barba con marcas blancas habló de martirio, no como el resultado más deseable sino como posible final de un camino que los justos no tenían más remedio que seguir, y abogó por que los migrantes hicieran causa común en base a principios religiosos, pasando por encima de divisiones en función de la raza, el idioma o la nación, pues qué importaban ahora esas divisiones en un mundo lleno de puertas; las únicas divisiones que importaban realmente ahora eran las que había entre quienes buscaban el derecho de paso y quienes les negaban ese paso, y en un mundo así la religión de los justos debía defender a los que buscaban pasar. Said estaba muy confuso porque estas palabras lo conmovieron y le dieron fuerzas, no eran el mensaje bárbaro de los militantes allá en su país, los militantes por culpa de los cuales su madre había muerto, y probablemente también su padre a estas alturas, pero al mismo tiempo el grupo de hombres atraído por las palabras del de la barba con marcas blancas no dejaba de recordarle, a veces, a los propios militantes, y al pensar en ello tuvo una sensación interior de ranciedad, como si estuviera pudriéndose por dentro.

Había armas de fuego en la casa de sus compatriotas, llegaban más cada día a través de las puertas. Said aceptó coger una pistola pero no un rifle, pues la primera podía esconderla, aunque en el fondo no habría sabido decir si cogía la pistola para sentirse más a salvo de los nativistas o de los nigerianos, sus propios vecinos. Aquella noche, mientras se desvestía, no habló de ello pero tampoco quiso ocultárselo a Nadia, y al ver esta la pistola pensó que tendrían una riña, o una discusión, pues sabía lo que había decidido el consejo de los nigerianos. Pero Nadia no se lo echó en cara.

Se limitó a observarle, y él la miró a su vez y vio su forma animal, la extrañeza de su rostro y de su cuerpo, y ella vio la extrañeza de los de Said, y cuando él hizo ademán de abrazarla, ella se le acercó, se le acercó aunque manteniendo una pequeña distancia, y en su apareamiento hubo violencia y excitación mutuas, una suerte de pasmada y casi dolorosa sorpresa.

Solo después de que Nadia se quedara dormida y estando Said tumbado al claro de luna que se colaba por la persiana, se puso él a pensar que no tenía la menor idea de cómo se manejaba una pistola, aparte de que para disparar hubiera que apretar el gatillo. Se dio cuenta de que aquello era ridículo y que lo mejor sería devolver el arma al día siguiente.

Un floreciente mercado de electricidad se había puesto en marcha en el Londres sin luz, dirigido por aquellos que vivían en las escasas zonas con corriente, y Said y Nadia pudieron recargar sus teléfonos de vez en cuando. Si caminaban por el límite de su zona podían a veces captar una señal fuerte, y como muchos otros se pusieron al corriente de lo que ocurría en el mundo por este sistema, y un día en que Nadia estaba sentada en los escalones de un edificio leyendo las noticias en su móvil enfrente de un destacamento de tropas y un carro de combate, le pareció ver en internet una foto de ella sentada en los escalones de un edificio leyendo las noticias en su móvil enfrente de un destacamento de tropas y un carro de combate y se asustó, preguntándose cómo era posible, cómo podía estar leyendo las noticias y ser ella misma la noticia y cómo el periódico podía haber publicado una imagen de ella instantáneamente, y buscó con la mirada si había algún fotógrafo cerca y tuvo la extrañísima sensación de que el tiempo se doblaba a su alrededor, como si ella estuviera en el pasado leyendo sobre el futuro, o en el futuro leyendo sobre el pasado, y llegó a pensar que si se levantaba y se dirigía a casa en aquel preciso momento habría dos Nadias, que se dividiría en dos Nadias diferentes, una se quedaría en los escalones, leyendo, y otra se iría andando a casa, y que cada Nadia viviría una existencia diferente, y entonces pensó que quizá se estaba volviendo loca, y al hacer zoom en la imagen vio que la mujer del hábito negro que leía las noticias en su móvil no era ella en realidad.

Aquellos días las noticias hablaban sobre todo de guerra y de migrantes y de nativistas, así como de muchas fracturas, regiones que se separaban de sus naciones, ciudades que se separaban de las tierras del interior, y era como si, al mismo tiempo que la gente se reunía, también se separara. Sin fronteras, las naciones parecían estar convirtiéndose en algo ilusorio y la gente ponía en cuestión el papel que tenían que jugar. Eran muchos los que sostenían que las unidades pequeñas tenían más sentido, mientras que otros sostenían que las unidades pequeñas no podían defenderse.

Leyendo las noticias a uno le entraban tentaciones de pensar que la nación era una persona con múltiples personalidades, unas insistiendo en la unión y otras en la desintegración, y que esa persona con múltiples personalidades era, además, una persona cuya piel parecía estar disolviéndose mientras nadaban en una sopa llena de otras personas cuyas pieles se disolvían también. Ni siquiera Gran Bretaña era inmune a este fenómeno; de hecho algunos decían que Gran Bretaña ya se había escindido, como un hombre a quien hubieran cortado la cabeza pero permaneciera todavía en pie, mientras que otros decían que Gran Bretaña era una isla y que las islas perduran incluso si la gente que acude a ellas cambia, y que así había sido durante milenios y seguiría ocurriendo durante varios milenios más.

La furia de aquellos nativistas que abogaban por una matanza a gran escala era lo que más chocaba a Nadia, y le chocaba porque le sonaba familiar, muy parecida a la furia de los militantes en su ciudad de origen. Nadia se preguntaba si Said y ella habían conseguido algo al mudarse, si los rostros y los edificios habían cambiado pero la realidad de sus problemas no.

Pero luego veía a su alrededor todas aquellas personas de colores tan diferentes y atuendos tan diferentes y se consolaba pensando mejor aquí que allí, y se le ocurrió que casi toda su vida había estado como ahogada en su lugar de nacimiento, que para ella ese momento había pasado y que los nuevos tiempos estaban aquí, y que, fueran o no peligrosos, gozaba de ellos como de la brisa en la cara un día de mucho calor, cuando iba en moto y se levantaba la visera del casco y aceptaba de buen grado el polvo, la contaminación, los bichitos que a veces te entraban en la boca y te hacían recular de asco o incluso escupir, y después del escupitajo sonreír, sonreír con fiereza.

También para otros fueron las puertas una liberación. En las colinas próximas a Tijuana había un orfanato al que llamaban simplemente la Casa de los Niños, quizá porque no era un orfanato propiamente dicho. O no solo un orfanato, aunque esa palabra era la que utilizaban estudiantes universitarios del otro lado de la frontera que a veces acudían allí para hacer trabajo de voluntariado: pintura, carpintería, enmasillado de muros de mampostería. Pero muchos de los niños de la Casa de los Niños tenían por lo menos uno de los padres vivo, o bien un hermano o un tío. Por regla general estos parientes faenaban al otro lado, en Estados Unidos, y su ausencia duraba hasta que el niño era lo bastante mayor para intentar cruzar la frontera, o hasta que el familiar en cuestión estaba lo bastante agotado para volver, o incluso, con no poca frecuencia, duraba siempre, pues la vida y su final son cosas impredecibles, sobre todo a cierta distancia, donde la muerte parece actuar con tan caprichosos designios.

La Casa se alzaba en la cresta misma de una colina, frente a una calle. El área de juegos, cercada con alambre de espino y pavimentada en parte con hormigón, estaba en la zona de atrás, mirando hacia un valle reseco al que daban también las otras viviendas bajas de esa calle, algunas de ellas construidas sobre pilotes como si estuvieran al borde del mar, algo fuera de lugar teniendo en cuenta la aridez y la falta de agua de la zona. Claro que el océano Pacífico estaba a solo dos horas a pie en dirección oeste y, además, el tipo de terreno justificaba los pilotes.

De una puerta negra en una cantina cercana, sin duda un lugar atípico para una joven como ella, estaba saliendo una joven. El dueño no hizo el menor aspaviento, pues los tiempos eran los que eran, y una vez que hubo traspasado del todo la joven se levantó y fue muy decidida hacia el orfanato. Localizó allí a otra joven, o, mejor dicho, una niña ya crecida, y la mujer joven abrazó a la muchacha, a quien pudo reconocer solo porque la había visto en dispositivos electrónicos, en pantallas de móviles y ordenadores, tantos años habían transcurrido, y la muchacha abrazó a su madre y luego le entró timidez.

La madre de la muchacha conoció a los adultos que regentaban el orfanato y a muchos de los niños, que la miraban y cuchicheaban como si fuese una señal de algo, cosa que era en efecto, puesto que si ella había venido otros podían hacerlo. La cena, servida en platos de papel, consistió en arroz y alubias refritas; el comedor era una hilera ininterrumpida de mesas con bancos a cada lado y la madre ocupó el lugar central, como si fuese un dignatario o una figura santa, y explicó cosas que más de un niño, por ser niño, imaginó que le estaría pasando a su propia madre, o que le había pasado cuando la madre vivía aún.

La mujer que había regresado ese día se quedó a dormir en el orfanato para que su hija pudiera despedirse de todos. Y después madre e hija fueron hasta la cantina y el dueño las dejó entrar, meneando la cabeza pero con una sonrisa en los labios, sonrisa que le curvó el bigote, dando brevemente a su fiero semblante un aire bobalicón, y a los pocos segundos madre e hija habían desaparecido.

En Londres, Said y Nadia oyeron decir que formaciones militares y paramilitares procedentes de todo el país habían sido movilizadas y desplegadas en la capital. Se imaginaron a regimientos británicos de nombre antiguo pero equipamiento moderno listos para abrirse paso ante cualquier tipo de resistencia. Se avecinaba, por lo visto, una gran mortandad. Ambos sabían que la batalla de Londres sería muy desigual, y, como muchos otros residentes, no se alejaban ya de su casa.

La operación para limpiar el gueto de migrantes en el que se encontraban Said y Nadia empezó mal. Un agente de policía resultó herido en una pierna a los pocos segundos, cuando su unidad penetró en un cine ocupado cerca de Marble Arch, y acto seguido se inició un tiroteo, los disparos venían del cine pero también de otros puntos, siempre en aumento, por doquier, y Said, a quien esto le había sorprendido a la intemperie, corrió de vuelta a la casa, pero la maciza puerta principal estaba cerrada y se puso a aporrearla hasta que alguien fue a abrir y Nadia tiró de él hacia dentro y volvió a cerrar.

Fueron a su cuarto y colocaron el colchón apoyado en la ventana y se sentaron en un rincón a esperar. Oyeron helicópteros y más disparos y avisos para que abandonaran pacíficamente la zona, sonando tan fuerte por unos altavoces que hasta el suelo temblaba, y luego, por el resquicio entre el colchón y la ventana, vieron caer del cielo millares de folletos, y al cabo de un rato vieron humo y notaron olor a quemado, pero luego se hizo la calma, aunque el humo y el olor duraron mucho, sobre todo el olor, y eso incluso después de que el viento cambiara de dirección.

Aquella noche corrió el rumor de que más de doscientos migrantes habían perecido quemados en el incendio del cine, niños, mujeres y hombres, pero sobre todo niños, un gran número de ellos, y fuera o no verdad, lo mismo que los otros rumores, el de un baño de sangre en Hyde Park, o en Earl's Court, o cerca de la rotonda de Shepherd's Bush, migrantes muertos a docenas, cualquiera que fuese la verdad, algo parecía haber pasado, puesto que se produjo una tregua y los soldados, policías y voluntarios que habían avanzado sobre el perímetro del gueto se retiraron y aquella noche no hubo más disparos.

El día siguiente fue tranquilo, y lo mismo el que vino a continuación, y ese segundo día de calma Said y Nadia decidieron retirar el colchón de la ventana y salir a buscar comida, pero no pudieron encontrar nada. Los almacenes de víveres y los comedores sociales estaban cerrados. A través de las puertas iban llegando algunos víveres, pero no suficientes. En la reunión del consejo se decidió requisar las provisiones de las tres casas, provisiones que fueron racionadas con prioridad para los niños, y Said y Nadia recibieron un puñado de almendras por cabeza un día y al siguiente una lata de arenques para compartir.

Sentados en la cama contemplaron la lluvia y hablaron, como hacían a menudo, del fin del mundo. Said se preguntó en voz alta una vez más si los nativos acabarían matándolos, a lo que Nadia dijo una vez más que los nativos estaban tan asustados que eran capaces de cualquier cosa.

—Lo encuentro comprensible —dijo—. Ahora imagínate que tú vivieras aquí y que de repente llegaran millones de personas de todo el mundo.

—Millones fueron los que llegaron a nuestro país —dijo Said—, cuando había guerras cerca…

—No es lo mismo. Nuestro país era pobre. Nadie pensaba que tuviéramos tanto que perder.

En el balcón, la lluvia repiqueteaba en cacharros de cocina y de vez en cuando Said o Nadia se levantaban para abrir la ventana y trasladar un par de cacerolas al cuarto de baño a fin de llenar la bañera, pues el consejo la había designado como parte de la provisión de agua de emergencia ahora que no salía ni una gota de ningún grifo.

Nadia observó a Said y se preguntó, no por primera vez, si no le habría llevado por mal camino. Pensó que él, al final, quizá tuvo dudas respecto a abandonar su ciudad y que ella quizá habría podido influir en un sentido o en el otro, y que Said era básicamente un hombre bueno y honrado, y eso la llenó de compasión hacia él mientras le observaba contemplar la lluvia ensimismado, y se dio cuenta de que jamás había sentido tanto amor por ninguna otra persona como el que sintió por Said aquellos primeros meses en que más enamorada había estado de él.

Por su parte, Said habría deseado hacer algo por Nadia, poder protegerla de lo que estaba por venir, pese a que, de alguna manera, entendía que amar es entrar en la inevitabilidad de no ser capaz, en el futuro, de proteger lo que es más valioso para uno. Pensó que ella merecía algo mejor, pero no veía ninguna salida pues habían tomado la decisión de no huir, de no jugar a la ruleta con una nueva puerta. La huida permanente es algo superior a la mayoría: en un momento dado hasta un animal perseguido se detiene, exhausto, y aguarda su destino final, aunque solo sea un rato.

—¿Tú qué crees que pasa cuando te mueres? —le preguntó Nadia.

—¿Quieres decir en la otra vida?

—No, no después. En el momento de morir. ¿Se vuelve todo negro, como la pantalla del teléfono cuando lo apagas? ¿O entre medio hay una fase extraña, como pasa un momento antes de quedarte dormido, que estás aquí y allá?

Said pensó que eso dependía de la forma en que uno moría, pero vio a Nadia mirándole, tan pendiente de su respuesta, y dijo:

—Supongo que es más como lo de quedarse dormido. Supongo que sueñas con algo antes de acabar.

En ese momento no pudo reconfortarla de otra manera. Ella sonrió al oírlo, una sonrisa grande, llena de afecto, y él se preguntó si era porque le creía o si pensaba no, amado mío, eso no es ni mucho menos lo que estás pensando.

Pero pasó una semana, y luego otra, y finalmente los nativos y sus fuerzas se retiraron.

Quizá habían llegado a la conclusión de que no se veían capaces de hacer lo que habría sido necesario hacer, esto es acorralar y manchar de sangre e, incluso, masacrar a los migrantes, y habían acordado buscar algún otro sistema. Quizá habían entendido que nadie podía cerrar las puertas, que seguirían abriéndose otras nuevas, y que la denegación de coexistencia habría exigido que uno de los bandos dejara de existir y que también el bando en extinción se habría transformado en el proceso, y que luego demasiados padres nativos habrían sido incapaces de mirar a los ojos a sus propios hijos, de hablarles con la cabeza alta de lo que había hecho su generación. O tal vez el gran número de lugares en los que ahora había puertas había vuelto inútil atacar uno solo de ellos.

Y así, motivos al margen, esta vez fue la honradez la que se llevó el gato al agua, y el coraje, pues hace falta valentía para no atacar cuando se tiene miedo, y volvieron la electricidad y el agua corriente y se iniciaron negociaciones, y corrió la voz, y Said y Nadia lo festejaron entre los cerezos de Palace Gardens Terrace, lo festejaron hasta bien entrada la noche.

Aquel verano Said y Nadia llegaron a pensar que todo el planeta estaba de mudanza, gran parte del sur global camino del norte global, pero también sureños que iban a otros lugares del sur y norteños que iban a otros lugares del norte. En el antaño protegido cinturón verde londinense estaban construyendo todo un anillo de nuevas ciudades que, en conjunto, podrían alojar a más personas que el propio Londres. A este plan urbanístico lo bautizaron como el Halo de Londres, uno entre los muchos halos y satélites y constelaciones humanos que estaban surgiendo en el país y en el mundo entero.

Era allí donde Said y Nadia se encontraban en plena canícula, en uno de aquellos campos de trabajadores, dando el callo. A cambio de despejar terreno y construir infraestructuras y montar viviendas con bloques prefabricados, a los migrantes les prometían cuarenta metros y una tubería, es decir, una casa en cuarenta metros cuadrados de terreno y conexión a todos los servicios de la modernidad.

Había sido aprobado, de común acuerdo, un impuesto sobre el tiempo según el cual una parte del sueldo y de los sudores de quienes habían llegado recientemente a la isla iba a parar a quienes llevaban decenios en ella, y dicho impuesto se ajustaba en ambas direcciones: a medida que uno dilataba su estancia, el canon disminuía, y a partir de un cierto momento el subsidio aumentaba cada vez más. Los problemas fueron enormes, y el conflicto, lejos de desaparecer de la noche a la mañana, persistió y fermentó, pero los informes sobre su persistencia y su fermentación no eran tampoco apocalípticos, y aunque algunos migrantes seguían aferrándose a propiedades que no les pertenecían según la ley, y aunque algunos migrantes y también algunos nativistas seguían poniendo bombas y enzarzándose en tiroteos y apuñalamientos, Said y Nadia tenían la sensación de que en conjunto, para el grueso de la población, en Gran Bretaña al menos, la vida continuaba dentro de unos límites tolerables de seguridad.

El perímetro del campo donde trabajaban estaba vallado. Dentro había grandes pabellones de un material grisáceo que parecía plástico, apuntalado sobre cuchillos de armadura metálicos de forma que todos ellos se mantenían en pie, y bien ventilados, además de ser resistentes al viento y la lluvia. En uno de aquellos dormitorios colectivos, Said y Nadia ocupaban un pequeño espacio separado por cortinas, cortinas suspendidas de unos cables casi tan altos como lo que Said alcanzaba levantando el brazo, y por encima de los cuales había un espacio vacío, como si la parte inferior del pabellón fuera un laberinto descubierto o los quirófanos de un enorme hospital de campaña.

Comían frugalmente a base de cereales y hortalizas y algunos lácteos y, si tenían suerte, un zumo de fruta o algo de carne. Pasaban un poco de hambre, cierto, pero dormían bien porque la faena era larga y exigente. Las primeras viviendas que los obreros de su campo habían levantado estaban ya casi listas para ser ocupadas y Said y Nadia no estaban muy abajo en la lista, de modo que confiaban en poder instalarse en una casa propia a finales del otoño. Donde antes tenían ampollas ahora tenían callos, y la lluvia había dejado de ser una molestia para los dos.

Una noche, estando Nadia en el catre que compartía con Said, soñó con la chica de Mikonos, y soñó que había regresado a la casa de Londres adonde habían ido a parar la primera vez y que había subido al piso de arriba y traspasado la puerta para volver a la isla griega, y cuando despertó estaba casi jadeando y sentía todo el cuerpo vivo, o quizá en estado de alarma, en cualquier caso cambiado, tan real le había parecido el sueño, y a partir de aquel día de vez en cuando pensaba en Mikonos.

Said por su parte soñaba a menudo con su padre, cuyo fallecimiento le había comunicado un primo que había conseguido huir recientemente de la ciudad y con el que Said había contactado a través de una red social. Ese primo, que había podido instalarse cerca de Buenos Aires, le explicó que su padre había muerto de una neumonía contra la que llevaba luchando varios meses; todo había empezado con un catarro, pero la cosa fue a peor, y como no había antibióticos para frenar la infección el padre de Said había sucumbido, pero no estuvo solo, sino en compañía de sus hermanos y hermanas, y le habían dado sepultura al lado de su esposa, tal como él deseaba.

Said, debido a la enorme distancia, no sabía cómo llevar el luto, cómo manifestar su remordimiento, de modo que redobló sus esfuerzos en el trabajo y decidió hacer horas extra pese a que apenas si le quedaban fuerzas. La espera para que Nadia y él recibieran la vivienda prometida no se acortó pero tampoco se incrementó, pues otros maridos y esposas y madres y padres y hombres y mujeres hacían horas extra también, y los esfuerzos adicionales de Said sirvieron al menos para mantenerlos a los dos en los primeros puestos de la lista.

A Nadia la afectó sobremanera la muerte del padre de Said, más incluso de lo que ella esperaba. Intentó hablar con Said sobre su padre, pero no acertaba a pronunciar las palabras adecuadas, y por su parte Said estaba muy callado, muy poco comunicativo. De vez en cuando Nadia sentía una punzada de culpa, aun sin saber exactamente el motivo. Lo único que sabía era que cuando eso le ocurría era un alivio no estar cerca de Said, ya que trabajaban en lugares diferentes, pero el alivio desaparecía si se ponía a pensar en ello, a pensar que era un alivio no estar con él, porque cuando pensaba esto normalmente la culpa volvía a aparecer.

Said no le pidió que rezara con él por su padre y Nadia tampoco se ofreció a hacerlo, pero cuando él estaba reuniendo a una serie de conocidos suyos para orar bajo la larga sombra vespertina del dormitorio comunitario, ella dijo que quería sumarse al grupo, sentarse con Said y los demás aunque ella, personalmente, no ofreciera sus súplicas, y él sonrió y le dijo que no era necesario. Y Nadia no supo qué responder a eso, pero de todos modos se quedó junto a Said sobre la tierra ahora desnuda, después de que cientos de miles de pisadas y la acción de los neumáticos de unos vehículos increíblemente pesados la despojaran de plantas, y eso la hizo sentirse no deseada por primera vez. O quizá no comprometida con Said. O ambas cosas tal vez.

Para muchos, adaptarse a este nuevo mundo fue realmente difícil, pero para otros fue también inesperadamente agradable.

En el Prinsengracht, en pleno centro de Amsterdam, un hombre ya mayor salió al balcón de su pequeño piso, uno de los muchos pisos en que habían sido convertidas varias casas de doscientos años lindantes con el canal, pisos que daban a un patio tan exuberante como una selva tropical, húmedo de verdor, en aquella ciudad de agua, y en los bordes del balcón de madera crecían musgo y helechos, y por los costados trepaban zarcillos, y el hombre tenía allí dos sillas, dos butacas antiquísimas de cuando eran dos personas en la vivienda, no una como ahora, pues su último amor lo había abandonado, y se sentó en una de las sillas y se puso a liar un cigarrillo con cuidado; los dedos le temblaban, el papel estaba rígido pero tenía un toque suave, debido a la humedad, y el olor del tabaco le recordó, como siempre, a su padre, que ya no estaba con él y que escuchaba con él en su tocadiscos viejas grabaciones de ciencia ficción mientras llenaba y encendía su pipa y criaturas del océano atacaban a un gran submarino, los sonidos del viento y las olas en la grabación mezclándose con el sonido de la lluvia en la ventana, y aquel anciano, que entonces era un muchacho, pensaba cuando sea mayor yo también fumaré, y aquí estaba ahora, fumador durante gran parte de un siglo, a punto de encender un cigarrillo, cuando vio salir del cobertizo comunitario que había en el patio, donde guardaban herramientas de jardín y cosas así y del que ahora entraban y salían extranjeros constantemente, a un hombre de rostro arrugado, medio bizco, con bastón y sombrero panamá, vestido como si estuviera en el trópico.

El anciano miró a aquel hombre arrugado y no dijo nada. Simplemente encendió el pitillo y dio una calada. Tampoco el hombre arrugado abrió la boca: se limitó a caminar lentamente por el patio, apoyándose en su bastón, bastón que al rozar la grava del sendero producía un ruido áspero. Luego se dirigió de nuevo hacia el cobertizo, pero antes de entrar se volvió hacia el anciano, que le estaba observando no sin cierto desdén, y con gesto elegante se quitó un momento el sombrero.

Aquel detalle dejó al anciano estupefacto. No supo qué hacer, se quedó sentado, como traspuesto, y antes de que pudiera reaccionar, el otro hombre siguió su camino y se perdió de vista.

Al día siguiente la escena se repitió. El anciano estaba sentado en su balcón. El hombre arrugado volvió a pasar. Se miraron. Y esta vez, cuando el hombre arrugado se levantó el sombrero, el anciano alzó el vaso que tenía en la mano, un vasito de un vino generoso que estaba bebiendo en ese momento, y lo hizo con una leve y seria pero bien educada inclinación de cabeza. Ninguno de los dos sonrió.

Al tercer día el anciano le preguntó al hombre arrugado si le apetecía sentarse con él en el balcón, y aunque el anciano no sabía hablar en portugués de Brasil y el hombre arrugado tampoco en holandés, consiguieron entablar conversación, una conversación con muchas y largas pausas, pausas que sin embargo fueron en gran parte cómodas, hasta el punto de que ninguno de los dos reparó apenas en ellas, como dos árboles viejos no repararían en el hecho de que pasaran unos minutos o unas horas sin un soplo de brisa.

La siguiente vez el hombre arrugado invitó al anciano a traspasar con él la puerta negra que había dentro del cobertizo del patio. Así lo hizo el anciano, andando despacio, y otro tanto el hombre arrugado, y una vez que estuvieron al otro lado de la puerta el anciano se encontró siendo ayudado por el otro a ponerse de pie. Se hallaban en el escarpado barrio de Santa Teresa, en Río de Janeiro, y hacía más calor y era más temprano que cuando habían cruzado allá en Amsterdam. El hombre arrugado le hizo atravesar unas vías de tranvía para ir al estudio donde trabajaba y le mostró algunas de sus pinturas. El anciano estaba demasiado inmerso en lo que sucedía como para ser objetivo, pero le pareció que el artista tenía verdadero talento. Le preguntó al hombre arrugado si podía comprarle un cuadro, pero este le dijo que eligiera uno, que se lo regalaba.

Una semana después, una fotógrafa de guerra que vivía en un piso del Prinsengracht con vistas a aquel mismo patio fue el primer vecino en notar la presencia de aquel par de viejos en el balcón que quedaba enfrente y un poco más abajo de su piso. Y fue testigo asimismo, no mucho después y para considerable sorpresa suya, del primer beso que se daban, que ella captó, sin esperarlo, a través del objetivo de su cámara fotográfica y que luego, por la noche, decidió borrar en un gesto de sentimentalismo y respeto inusitados.

A veces alguien de la prensa se dejaba caer por el campo de Said y Nadia o por la obra donde trabajaban, pero era más frecuente que los moradores se documentaran o subieran comentarios a internet sobre lo que estaba pasando. Como de costumbre, el interés más remoto lo suscitaban hechos catastróficos, tales como una redada de nativistas que inutilizaron maquinaria o destruyeron viviendas a punto de terminar y que acabó con serias palizas a obreros que se habían alejado demasiado del campo. O bien el capataz nativo que fue atacado con un cuchillo por un migrante, o una pelea entre grupos de migrantes rivales. Pero por regla general había poco sobre lo que informar, aparte de la vida cotidiana de un sinfín de personas que trabajaban y vivían y envejecían y se enamoraban y desenamoraban, lo mismo que ocurre en cualquier parte, y que por tanto no se consideraba digno de titulares ni muy interesante para nadie que no estuviera directamente implicado.

En los dormitorios colectivos, por razones obvias, no dormía ningún nativo, pero en las obras sí trabajaban nativos codo con codo con los migrantes, normalmente en calidad de supervisores o manejando maquinaria pesada, vehículos gigantescos que parecían dinosaurios mecánicos y que levantaban impresionantes cantidades de tierra o apisonaban humeantes trechos de pavimento o removían hormigón con la pausada serenidad de una vaca rumiando. Said, naturalmente, había visto antes material de construcción, pero algunas de las máquinas que allí había eclipsaban por tamaño a cuanto él había visto hasta entonces, y, en cualquier caso, no es lo mismo trabajar junto a una máquina que resopla y bufa que verla desde lejos, como tampoco es comparable lo que siente el soldado de infantería cuando corre en plena batalla junto a un carro de combate a lo que experimenta un niño al ver un tanque en una parada militar.

Said estaba en una cuadrilla de mantenimiento de calles. Su capataz era un nativo con experiencia y conocimientos y una cabeza casi calva adornada por unos cuantos penachitos de cabello blanco, cabeza que solía llevar cubierta por el casco salvo cuando se lo quitaba al final de la jornada para enjugarse el sudor. Este capataz era justo y fuerte y tenía un semblante duro que reflejaba infelicidad. No hablaba de temas triviales, pero, a diferencia de otros nativos, tomaba su almuerzo entre los migrantes que trabajaban a su mando. Parecía caerle bien Said, o, cuando menos, parecía valorar la dedicación que Said ponía en el trabajo, y muchas veces se sentaba a comer a su lado. Said tenía además la ventaja añadida de contarse entre los obreros que sabían inglés, y por lo tanto ocupaba un estatus a medio camino entre el capataz y el resto de la cuadrilla.

Era una cuadrilla muy numerosa puesto que había superávit de mano de obra y escasez de maquinaria, y el capataz siempre estaba buscando maneras de sacar el máximo rendimiento a tanta gente. En cierta manera se sentía atrapado entre el pasado y el futuro, el pasado porque en el inicio de su carrera el equilibrio de tareas se había inclinado también del lado de la fuerza de trabajo manual, y el futuro porque cuando contemplaba ahora la casi inimaginable magnitud de lo que tenían entre manos le parecía que estaban remodelando el mismísimo planeta Tierra.

Said admiraba al capataz, no en vano este tenía ese carisma tranquilo hacia el que se sienten inclinados los jóvenes y que radicaba en parte en el hecho de que el capataz no parecía tener el menor interés en ser admirado. Además, tanto para Said como para otros muchos de la cuadrilla, estar en contacto con el capataz era lo más cerca que cualquiera de ellos había estado de los nativos y por tanto le miraban como si él fuera la clave para entender su nuevo país, sus gentes y sus costumbres y su manera de hacer, cosa que en cierto modo era así, aunque por supuesto la misma presencia de todos aquellos extranjeros quería decir que sus gentes, costumbres y manera de hacer estaban experimentando un cambio considerable.

En una ocasión, cuando ya se ponía el sol y la jornada estaba a punto de finalizar, Said se acercó al capataz y le dio las gracias por todo lo que estaba haciendo por los migrantes. El capataz no dijo nada, y en aquel momento Said se acordó de los soldados que había visto en su ciudad natal cuando volvían de permiso, los cuales, si se los presionaba para que contaran cosas sobre los lugares donde habían estado y lo que habían hecho, miraban a su interlocutor como si este no tuviera la menor idea de lo que les estaba pidiendo.

Al amanecer del día siguiente Said despertó con todo el cuerpo tenso y rígido. Intentó no moverse en consideración a Nadia, pero al abrir los ojos vio que ella estaba despierta. Su primer impulso fue hacerse el dormido –a fin de cuentas, estaba agotado y le habría sentado bien quedarse un rato más en la cama–, pero la idea de que Nadia estuviera allí, a su lado, sintiéndose sola le resultó desagradable, aparte de que ella quizá habría advertido su estratagema. Así pues, se volvió hacia ella y en voz baja le preguntó:

–¿Quieres que vayamos fuera?

Ella asintió sin mirarle. Se levantaron los dos, dándose la espalda, cada uno por un lado de la cama, y en la penumbra se calzaron las botas de trabajo. Los cordones hicieron un ruido áspero al anudarlos. Se oía respirar y toser, un niño que lloraba, el forcejeo de dos personas haciendo el amor. La iluminación nocturna del pabellón tenía la intensidad de una luna en cuarto creciente: bastaba para poder dormir y también para distinguir formas, aunque no colores.

Salieron. El cielo había empezado a cambiar y ahora era de un añil más claro. Había bastantes personas fuera, parejas y grupos, pero sobre todo individuos aislados, incapaces de dormir, o al menos de seguir durmiendo. Hacía fresco, no frío, y Said y Nadia se quedaron allí de pie, juntos, sin cogerse de la mano pero notando la suave presión de un brazo contra el del otro a través de las mangas.

–Esta mañana estoy muy cansada –dijo Nadia.

–Lo sé –dijo Said–. Yo igual.

Nadia quería decirle algo más, pero en ese momento tenía la garganta reseca, casi dolorida, y lo que fuera que hubiese deseado decir no consiguió ir más allá de su lengua y de sus labios.

También Said estaba pensando cosas. Sabía que podría haberle dicho algo a Nadia, que debería haberlo hecho en aquel momento, pues tenían tiempo y estaban juntos y nada los distraía. Pero él tampoco se sintió capaz de decir nada.

Echaron a andar, Said el primero y Nadia a continuación, y luego apretaron ambos el paso, juntos pero separados, de forma que quienes los miraron creyeron ver a unos trabajadores camino de la obra, no a una pareja dando un paseo. El recinto, a aquella hora, estaba casi desierto pero había pájaros aquí y allá, en gran número, volando o posados sobre los pabellones y la cerca, y Nadia y Said contemplaron aquellos pájaros que habían perdido sus árboles, o iban a perderlos pronto, en aras de la construcción, y Said los llamaba a veces con un tenue silbido, un silbido de labios sin fruncir, como un globo que se fuera desinflando.

Nadia miró a ver si alguno de los pájaros lo notaba, y mientras iban caminando no le pareció ver a ninguno.

Nadia trabajaba en una cuadrilla compuesta mayoritariamente por mujeres. Instalaban cañerías, palés llenos de tubos de diferentes colores, naranja, amarillo, negro, verde. Por aquellas cañerías no tardarían en pasar el alma y los pensamientos de la nueva ciudad, todas esas cosas que conectan a la gente sin necesidad de que la gente se mueva. Por delante de la cuadrilla iba una máquina excavadora, cual tarántula o mantis religiosa, un tanto achaparrada pero con un par de apéndices de temible aspecto en la parte frontal, avanzando sobre una pala almenada cerca de donde habría tenido la boca. Esta excavadora abría las zanjas en las que la cuadrilla de Nadia descargaría y colocaría y conectaría los tubos.

El conductor de la excavadora era un apuesto nativo casado con una no nativa, una mujer que a Nadia le parecía nativa pero que por lo visto había llegado veinte años atrás de un país vecino y que, con toda seguridad, había conservado vestigios de su acento ancestral, claro que los nativos tenían tantos acentos diferentes que Nadia no habría podido jurar nada al respecto. La mujer trabajaba de supervisora en uno de los departamentos de elaboración de comida, cerca de allí, y solía ir a la obra donde estaba Nadia a la hora del almuerzo cuando estaba allí su marido, que no siempre estaba porque cavaba zanjas para numerosas cuadrillas similares, y entonces se ponían los dos, marido y mujer, a desenvolver bocadillos y abrir termos y comían, charlaban y reían.

Con el tiempo, Nadia y otras mujeres de su cuadrilla empezaron a frecuentarlos, pues la pareja agradecía tener compañía. Resultó que el conductor de la excavadora era parlanchín y sabía muchos chistes y le gustaba tener público, y aparentemente también su mujer, aunque ella hablaba menos, pero parecía disfrutar del hecho de que tantas mujeres estuvieran pendientes de lo que contaba su marido. Tal vez eso lo volvía más importante a sus propios ojos. A Nadia, que observaba y sonreía y, normalmente, no decía gran cosa en estas ocasiones, la pareja le hacía pensar en los reyes de un territorio poblado únicamente por mujeres, exceptuando al monarca, un reino pasajero que desaparecería después de unas pocas estaciones, y se preguntaba si ellos pensaban lo mismo y habrían decidido, sin embargo, aprovecharlo al máximo.

Se decía que cada mes que pasaba había más campos de trabajadores alrededor de Londres, pero fuese o no verdad Said y Nadia notaban que a su campo llegaba gente nueva casi a diario. Unos a pie, otros en autobús o furgoneta. A los obreros se los animaba a echar una mano cuando tenían libre, y Said se había ofrecido voluntario para ayudar en el proceso de instalar a los últimos migrantes llegados al campo.

En una ocasión le tocó una pequeña familia compuesta de madre, padre e hija, tres personas de piel tan clara que parecían no haber visto nunca el sol. Le sorprendieron sus pestañas, que retenían la luz de forma inverosímil, y también las manos y las mejillas, en las que podía verse una retícula de venas diminutas. Said se preguntó de qué país serían, pero como él no hablaba su idioma ni ellos hablaban inglés, no quiso meter baza.

La madre era alta y de hombros estrechos, tan alta como el padre, y la hija era una versión ligeramente más baja de su madre, casi de la misma estatura que Said, pese a que este calculó que tendría trece o catorce años. Le miraban los tres con recelo a la vez que desesperación y Said tuvo cuidado de hablar con suavidad y no hacer movimientos bruscos, como cuando uno trata por primera vez con un caballo o un cachorro nerviosos.

Durante las horas que estuvo con ellos aquella tarde, Said apenas si los oyó hablar entre sí en lo que le pareció que era un extraño idioma. Se comunicaban sobre todo por gestos, o con la mirada. Será, pensó al principio Said, que temen que yo entienda lo que dicen. Pero luego sospechó otra cosa: que estaban avergonzados y que ignoraban, todavía, que la vergüenza era un sentimiento común entre los desplazados y que, por lo tanto, no había que sentirse especialmente avergonzado de tener vergüenza.

Said los llevó hasta el sitio que les habían designado en uno de los pabellones nuevos, un espacio desocupado y básico, con un catre y una estantería de tela colgando de uno de los cables, y los dejó allí a los tres para que se instalaran. Ellos se limitaron a mirar a su alrededor, quietos como estatuas. Pero una hora después, cuando fue a buscarlos para enseñarles dónde estaba la tienda comedor y llamó en voz alta, la madre apartó la cortina que hacía las veces de puerta y Said miró dentro y lo que vio fue un hogar, con los estantes llenos, hatos de pertenencias bien colocados en el suelo y una colcha en el catre, lo mismo que en el catre de la hija, que tenía en ese momento la espalda erguida pero no apoyada y las piernas cruzadas a la altura de las espinillas, de forma que sus muslos descansaban sobre los pies, y sobre el regazo una especie de bloc o de diario, en el que estuvo escribiendo furiosamente hasta el último segundo, cuando la madre la llamó por su nombre, momento en que la hija cerró el diario con una pequeña llave que llevaba prendida de un cordel alrededor del cuello y lo metió entre las cosas, seguramente cosas suyas, de uno de los montones, a fin de esconderlo.

La hija se situó detrás de sus padres, los cuales saludaron a Said con un gesto de cabeza, y este los condujo a los tres desde aquel lugar, un lugar que empezaba ya a pertenecerles, hasta otro en el que si se ponían a la cola cabía esperar que les dieran de comer.

Los atardeceres de verano en el norte eran eternos. Con frecuencia, Said y Nadia se quedaban dormidos antes de que se hubiera hecho de noche, y antes de dormirse a menudo se sentaban fuera, de espaldas al dormitorio colectivo, ocupados con sus teléfonos, aventurándose lejos de allí pero no juntos, por más que pareciera que estaban juntos, y a veces uno de los dos levantaba la vista y notaba en la cara el viento que barría los destrozados sembrados circundantes.

Achacaban la falta de conversación al cansancio, pues hacia el final de la jornada solían estar tan agotados que casi no podían ni hablar, y los teléfonos móviles tenían el innato poder de distanciarlo a uno de su entorno físico, lo cual explicaba una parte del problema, pero Nadia y Said ya no se tocaban cuando estaban acostados, no de aquella manera y no porque el espacio acortinado que compartían en el pabellón les pareciera poco íntimo, o no solo por ese motivo, y cuando por fin conseguían hablar, a menudo discutían pese a no ser una pareja que soliera discutir, como si tuvieran los nervios tan a flor de piel que estar juntos más allá de un determinado tiempo suscitara en ellos una sensación de dolor.

Cada vez que una pareja se muda, tiende a ver al otro, suponiendo que todavía exista atracción entre los dos, de una manera diferente, y es que el carácter no es de un único e inmutable color, digamos azul o blanco, sino más bien como una pantalla iluminada, y las sombras que reflejamos dependen sobre todo de lo que hay a nuestro alrededor. Así ocurría con Said y Nadia, que se veían el uno al otro como personas cambiadas debido a aquel espacio nuevo.

A ojos de Nadia, Said era más apuesto aún que antes, el trabajo duro y la delgadez le sentaban bien pues le daban un aire contemplativo, convirtiendo al joven de aspecto aniñado en un hombre de fortuna. Nadia se fijó en que otras mujeres le miraban, lo que no le impedía sentirse extrañamente ajena a la guapura de Said, como si este fuese una roca o una casa, algo que podía admirar pero sin verdadero deseo.

Le habían salido a Said dos o tres canas en la barba, novedad de aquel verano, y últimamente rezaba con más regularidad, mañana y tarde, y a veces también en la pausa para almorzar. Cuando hablaba, hablaba de pavimentos y de listas de espera y de política, pero no de sus padres y tampoco ya de viajar, de todos los lugares que algún día podrían ver juntos, ni de las estrellas.

Se sentía atraído por gente de su país, tanto en el campo de trabajo como en internet. A Nadia le parecía que cuanto más se alejaban, en el tiempo y en el espacio, de su ciudad natal, más buscaba él reforzar su conexión con dicha ciudad, atar cabos con una época que para ella había quedado inequívocamente atrás.

Said veía a Nadia prácticamente igual que cuando se habían conocido, o sea, atractiva a más no poder, si bien mucho más cansada. Lo que no entendía era que ella siguiera llevando sus túnicas negras, cosa que lo fastidiaba un poco, pues Nadia nunca oraba, y no solo evitaba hablar en su lengua sino que evitaba también a sus compatriotas, y Said a veces quería gritarle ¡pues quítate eso!, pero luego se sentía mal porque creía seguir amándola, y ese rencor, cuando explotaba, le hacía enojarse consigo mismo, con el hombre en que parecía estar convirtiéndose, un hombre no tan romántico, que no era la clase de hombre que él creía que todo hombre debía aspirar a ser.

Said deseaba sentir por Nadia lo que siempre había sentido por ella, y la posible pérdida de ese sentimiento lo dejaba desamarrado, a la deriva en un mundo en el que podías ir a cualquier parte pero no encontrar nada. Estaba convencido de que aún la quería, de que deseaba lo mejor para ella y protegerla. Nadia era toda su familia directa y él valoraba mucho la familia, más que ninguna otra cosa, y cuando parecía que entre ellos faltaba afecto su tristeza era inmensa, tanto que se preguntaba si todas las pérdidas que había sufrido no habrían formado quizá un núcleo de pérdida, un núcleo en el cual la muerte de su madre y la muerte de su padre y la posible muerte de su yo ideal que tanto había amado a aquella mujer formaban una sola muerte que solo le era posible soportar mediante el trabajo duro y la oración.

Said hacía lo posible por sonreír en presencia de Nadia, puntualmente al menos, y confiaba en transmitirle afecto y cariño cuando lo hacía, pero en el fondo se sentía triste, pensaba que ellos eran mejor que eso y que debían encontrar una salida juntos.

Y un día, cuando ella le propuso, sin venir a cuento, bajo aquel cielo por el que pululaban drones y bajo la invisible red de vigilancia que irradiaba de sus teléfonos, grabándolo y captándolo y registrándolo todo, abandonar aquel sitio y renunciar a su lugar en la lista para una vivienda propia y a todo lo que habían construido, y traspasar una puerta cercana de la que ella había oído hablar últimamente, una puerta que los situaría en la ciudad de Marin, en el océano Pacífico, cerca de San Francisco, Said no discutió ni puso reparos, contrariamente a lo que ella había esperado. En lugar de eso dijo que de acuerdo, y ambos se sintieron llenos de esperanza, la esperanza de poder reavivar su relación, de recuperar su relación tal como era no hacía mucho tiempo y así eludir, mediante una distancia tan grande como un tercio del globo terráqueo, lo que todo indicaba que iba a ocurrir.

En Marin, cuanto más remontaba uno las colinas, menos servicios había pero mejor era el panorama. Nadia y Said se contaban entre los últimos en llegar a la nueva ciudad, y como las zonas más bajas estaban todas ocupadas, se decidieron por un lugar elevado con vistas al puente Golden Gate de San Francisco y a la bahía, cuando el día era despejado, y vistas a una serie de islas desperdigadas que parecían flotar en un mar de nubes, cuando dominaba la niebla.

Armaron una chabola con una cubierta de chapa ondulada y en los costados simples cajas de embalar desechadas. Según les dijeron sus vecinos, esta estructura era a prueba de terremotos: se vendría abajo con un temblor de tierra, pero difícilmente perjudicaría a sus ocupantes debido al peso relativamente ligero. Había mucha cobertura y montaron un panel solar y una batería con una toma universal, que aceptaba todo tipo de enchufes, y un colector de agua de lluvia improvisado con fibra sintética y un balde, y colectores de condensación que encajaban dentro de botellas de plástico como filamentos de una bombilla puesta del revés, y de este modo la vida allí, aunque básica, no fue tan dura, tan cuesta arriba, como podría haberlo sido.

Desde su chabola la niebla era un ser vivo: se movía, se espesaba, pasaba de largo, se aclaraba. Revelaba lo invisible, lo que sucedía en el agua y en el aire, pues de pronto uno no solamente sentía el calor y el frío y la humedad en la piel sino que podía verlos a través de sus efectos atmosféricos. Nadia y Said tenían la sensación de vivir al mismo tiempo en el mar y entre las cumbres.

Para ir a trabajar Nadia tenía que cruzar primero otros barrios sin cañerías ni electricidad, como el suyo, a continuación los que ya disponían de corriente eléctrica y finalmente aquellos que tenían calles pavimentadas y agua corriente, y allí tomaba un autobús o iba a dedo hasta su lugar de trabajo, una cooperativa alimentaria en una zona comercial construida con prisas a las afueras de Sausalito.

Marin era de una pobreza inconmensurable, tanto más habida cuenta de su proximidad al lujo de San Francisco. Reinaba sin embargo un empecinado, aunque intermitente, ambiente de optimismo, tal vez porque Marin era una población menos violenta que la mayoría de los lugares de los que habían huido sus residentes, o quizá por el paisaje, por su ubicación al borde mismo de un continente, con vistas al más grande océano del planeta, o debido tal vez a la mezcolanza de sus habitantes, o a su proximidad a aquel reino de vertiginosa tecnología que se extendía a sus pies, en la bahía, como un pulgar doblado, siempre en actitud de juntarse con el índice curvado de Marin en el gesto algo contrahecho de que todo iba a ir bien.

Una tarde Nadia llegó a la chabola con un poco de hierba que le había dado una compañera de trabajo. No sabía cómo iba a reaccionar Said, cosa de la que solo fue consciente mientras subía hacia casa. Allá en su ciudad natal habían fumado canutos juntos tan tranquilos, pero había pasado un año y él no era el mismo, y tal vez ella había cambiado también, y la brecha que se había abierto entre los dos era tal que nada de lo que antes daban por sentado podía seguir dándose por sentado.

Said, lógicamente, estaba más melancólico que antes, aparte de más callado y devoto. Nadia a veces pensaba que sus rezos no eran neutrales con respecto a ella; es más, sospechaba que había en todo ello una pizca de reproche, aunque no sabía muy bien por qué pensaba así ya que él nunca la había instado a rezar ni le había echado en cara que no lo hiciese. Pero él ponía cada vez más devoción en sus devociones y menos, o eso parecía, en ella.

Nadia había pensado liarse un porro fuera y fumarse la hierba ella sola, sin Said, a espaldas de Said, y se sorprendió de haber tenido esa idea, lo que le hizo preguntarse sobre la manera en que ella misma estaba poniendo barreras entre los dos. No podía decir si la culpa del abismo que se iba ensanchando entre ella y él era del uno o del otro, pero sí sabía que aún sentía ternura por Said, de modo que finalmente había llevado la hierba a casa, y fue al sentarse con él en el asiento de coche producto de un trueque, y que utilizaban como sofá, cuando se dio cuenta, por su propio nerviosismo, de que la reacción de Said ante la hierba era para ella un asunto de la mayor importancia.

Notó la piel caliente de Said bajo la ropa cuando su brazo y su pierna tocaron el brazo y la pierna de él, y por su manera de estar sentado dedujo que no podía con su alma. Sin embargo, vio que intentaba sonreír, lo cual la animó, y al abrir la mano para enseñarle lo que había traído, con el mismo gesto que empleara una vez en su tejado hacía tanto tiempo y a la vez tan poco, y ver él la hierba, Said se echó a reír, una risa casi sorda, un murmullo, y con una voz que sonó como una lenta y lánguida bocanada de humo perfumado de marihuana, dijo:

—Fantástico.

Él mismo se encargó de liar el canuto. Nadia apenas si podía contener su alegría y sintió deseos de abrazarlo, pero se contuvo. Said lo encendió y se pusieron a fumar, los pulmones ardiendo, y lo primero que a ella le sorprendió fue que aquella hierba era mucho más fuerte que la que fumaban en su ciudad, y de hecho el efecto la dejó por los suelos y, por si fuera poco, en vías de ponerse un poco paranoica y de tener dificultades para hablar.

Permanecieron un rato en silencio, mientras la temperatura caía en picado. Said fue a por una manta y se acurrucaron los dos. Y entonces, sin mirarse el uno al otro, empezaron a reír y Nadia no paró de reír hasta que se le saltaron las lágrimas.

En Marin casi no había nativos, pues o habían muerto todos o habían sido exterminados mucho tiempo atrás, y solo se veía a alguno muy de vez en cuando, ya fuera en improvisados puestos de intercambio o, quizá con mayor frecuencia, envueltos en prendas y disfraces y comportamientos indistinguibles del resto. En estos comercios improvisados vendían bonitas alhajas de plata y accesorios de piel suave y telas de vistosos colores, y si el vendedor era un anciano solía las más de las veces ser poseedor de una paciencia sin límite acompañada de una tristeza igualmente sin límite. Se contaban en aquellos lugares historias que atraían a gente de todas partes, pues lo que contaban aquellos nativos sonaba apropiado para una época de migraciones como la presente y proporcionaba a los oyentes un sustento que necesitaban mucho.

Y sin embargo no era del todo cierto que apenas hubiera allí nativos, dado que la autoctonía era un concepto muy relativo, y de hecho eran muchos los que se consideraban nativos o autóctonos de aquel país, con lo cual venían a decir que ellos, sus padres, sus abuelos o los abuelos de sus abuelos habían nacido en la franja de tierra que se extendía desde el Pacífico medio-norte hasta el Atlántico medio-norte, y que su presencia en la zona no se debía a una migración física que hubiera tenido lugar en vida de ellos. A Said le parecía que quienes apoyaban dicha postura con más ahínco, quienes con más energía reivindicaban los derechos de la autoctonía, tendían a contarse entre los de piel clara que más se parecían a los británicos, y como había ocurrido con muchos de los nativos de Gran Bretaña, también muchas de aquellas personas parecían igualmente desconcertadas por lo que estaba sucediendo en su país, por lo que había sucedido ya en tan breve período de tiempo, y algunas parecían indignadas también.

Había una tercera capa de autoctonía, la compuesta por aquellos que según creían los demás descendían directamente, incluso en una pequeñísima fracción de sus genes, de los seres humanos que habían sido traídos de África al continente siglos atrás, en calidad de esclavos. Y si bien esta capa de autoctonía era menos numerosa en proporción con el resto, sí tenía una enorme importancia, pues su presencia había moldeado la sociedad y generado una gran violencia, no obstante lo cual perduraba, fértil, un estrato de suelo que quizá hiciera posible todo futuro suelo trasplantado y al que Said en concreto se sentía atraído, pues en un lugar de culto al que había ido un viernes la oración comunitaria la había dirigido un hombre que venía de esa tradición y que habló de dicha tradición, y en las semanas que llevaban en Marin Nadia y él, Said había encontrado solaz y sabiduría en las palabras de aquel hombre.

El predicador en cuestión era viudo y su mujer había nacido en el mismo país que Said, de modo que el predicador conocía un poco el idioma de Said, y a este le resultaba más o menos familiar, y al mismo tiempo novedosa también, la manera de abordar la religión por parte de aquel hombre. El predicador no solo predicaba. Se dedicaba sobre todo a dar alimento y cobijo a sus fieles y a enseñarles inglés. Dirigía una pequeña pero eficiente organización compuesta de voluntarios, hombres y mujeres jóvenes, todos del color de Said o más oscuros. Said se había apuntado también, y entre aquellos jóvenes de ambos sexos con los que ahora colaboraba había una chica en concreto, la hija del predicador, que tenía el pelo rizado y lo llevaba recogido en lo alto de la cabeza mediante un trozo de tela, y con esta joven en concreto era con la que Said evitaba hablar, porque cada vez que la miraba sentía que le faltaba el aire y no podía evitar sentirse culpable por Nadia, lo que le indujo a pensar que aquel era un terreno que de ninguna manera debía aventurarse a explorar.

Nadia percibió la presencia de aquella mujer, no en forma de un distanciamiento por parte de Said, como cabría haber esperado, sino más bien como un romper el hielo y una aproximación. A Said se le veía más contento, más interesado en fumar hierba con Nadia al final de la jornada, o al menos de echar un par de caladas, puesto que habían moderado el consumo vista la potencia de la hierba local, y volvían a hablar un poco de todo, de viajar y de las estrellas y de las nubes y de la música que se oía en las otras chabolas de la zona. Nadia sentía que estaba recuperando, en parte al menos, al antiguo Said.

Y, por eso mismo, ella deseaba ser la Nadia de antes. Pero por más que lo pasara bien conversando con él y que el ambiente entre los dos hubiera mejorado, raramente se tocaban ya, y su deseo de que él la tocara, que desde hacía tiempo había menguado, no volvía a prender. Tenía Nadia la sensación de que dentro de ella algo se había apaciguado. Cuando hablaba con él, sus propias palabras le sonaban amortiguadas en sus oídos. Yacía junto a Said y se dejaba llevar por el sueño, su cuerpo no anhelaba el contacto de las manos o de la boca de él; estaba rígida, como si Said hubiera pasado a ser su hermano, aunque tampoco estaba segura de qué significaba eso, pues nunca había tenido un hermano.

No era que su sensualidad, su sentido del erotismo, se hubiera extinguido. Notaba que se enardecía fácilmente cada vez que se cruzaba con aquel hombre tan apuesto, camino del trabajo, o al recordar al músico que fue su primer amor, o al pensar en aquella chica de Mikonos. Y a veces, cuando Said no estaba, o dormía, ella se daba placer, y cuando se daba placer pensaba cada vez más en aquella chica, la de Mikonos, y la intensidad de su reacción ya no la sorprendía.

La primera vez que Said rezó, siendo un niño, lo hizo por curiosidad. Había visto rezar a sus padres, y aquel acto estaba para él envuelto en un cierto misterio. Su madre solía orar en el dormitorio, una vez al día, a no ser en fechas especialmente santas, o bien si había habido una muerte, o alguien enfermo, en la familia, en cuyo caso oraba más a menudo. Su padre lo hacía principalmente los viernes, eso en circunstancias normales, y solo de manera muy esporádica el resto de la semana. Said los veía prepararse para la oración, y los veía rezar, veía sus rostros después de la oración, risueños por regla general, como si se sintieran aliviados o reconfortados o se hubieran quitado un peso de encima, y se preguntaba qué debía de pasar cuando uno rezaba, y como sentía curiosidad por experimentarlo en carne propia pidió que le enseñaran antes de que ellos, sus padres, hubieran pensado todavía en enseñarle, y fue su madre quien se encargó de instruirlo durante un verano especialmente cálido, y así es como empezó todo, para Said. Hasta el fin de sus días, la oración le recordó a veces a su madre, y al dormitorio de sus padres con aquel ligero olor perfumado y el ventilador cenital girando para combatir el calor.

Llegada su pubertad, el padre de Said preguntó a su hijo si quería acompañarlo a la oración comunitaria de los viernes. Said le dijo que sí y a partir de entonces, sin fallar un solo día, el padre de Said iba a recoger a su hijo en coche y Said oraba con su padre y los otros hombres, y la oración fue para él como hacerse hombre, un ritual que lo vinculaba a la edad adulta y a la idea de ser una clase concreta de hombre, un caballero, un gentilhombre, alguien que está a favor de la comunidad, de la fe, de la bondad y el decoro, en otras palabras, un hombre como su padre. Los hombres jóvenes, naturalmente, rezan por cosas diferentes, pero algunos rezan para hacer honor a la bondad del hombre que los educó, y Said era sin duda alguna uno de estos.

Recién matriculado Said en la universidad, sus padres empezaron a rezar con mayor frecuencia que antes, quizá debido a que habían perdido a muchos seres queridos a esa edad, o quizá porque la propia naturaleza transitoria de sus vidas se les iba haciendo cada vez más patente, o quizá porque estaban preocupados por su hijo en un país que adoraba cada vez más el dinero —por mucho que de puertas afuera hubiera otras formas de adoración—, o quizá simplemente porque su relación personal con la oración se había fortalecido y cobrado mayor significación con el paso de los años. También Said, en ese período, rezaba con mayor frecuencia, como mínimo una vez al día, y daba mucho valor a la propia disciplina de la oración, al hecho de que fuera un código, una promesa que él había hecho y que cumplía a rajatabla.

Sin embargo ahora, en Marin, Said rezaba más aún, varias veces al día, y lo hacía fundamentalmente como un gesto de amor hacia lo que había quedado atrás e iba a quedar atrás y no podía ser amado de ninguna otra manera. Cuando oraba era como si tocara a sus padres, a los que no podía tocar de otro modo, y alcanzaba ese sentimiento de que todos, sin excepción, somos hijos que pierden a sus padres, desde el primer hombre y niño hasta la última mujer y niña, y que todos seremos una pérdida para quienes vienen detrás de nosotros y nos aman, una pérdida que une a toda la humanidad, a todos los seres humanos, el carácter temporal de nuestra existencia y nuestra tristeza compartida, la pena que todos llevamos dentro y que tan a menudo nos negamos a admitir, y Said sacaba de todo ello la conclusión de que, ante la muerte, era posible creer en el potencial del género humano para construir un mundo mejor, de ahí que rezara como lamento, como consolación y como esperanza, pero eso era algo que no creía posible, ni sabía cómo, expresárselo a Nadia, ese misterio al que la oración lo vinculaba y que él consideraba tan importante expresar, y en cierta manera fue capaz de expresárselo a la hija del predicador la primera vez que mantuvieron una conversación seria, con ocasión de una pequeña ceremonia a la que Said asistió casualmente después del trabajo y que resultó ser en memoria de la madre de la joven, nacida en el mismo país que Said, y cuando Said habló no tenía intención de hablar de su propia madre, pero lo hizo largo y tendido, como también la hija del predicador, y cuando terminaron de hablar era ya de noche.

Said le era fiel a Nadia, y viceversa, e independientemente de cómo llamaran a su relación ambos creían, cada cual a su manera, que ese vínculo exigía protegerse el uno al otro, de ahí que ninguno de los dos hablara de una separación, ya que ello suponía introducir el miedo al abandono –pese a que interiormente ambos sentían ese temor–, el miedo a cortar los lazos que los unían, a que el universo que habían construido juntos tocara a su fin, un universo de experiencias compartidas que nadie más podría compartir, y un lenguaje íntimo compartido que les era único, la sensación de que lo que podía romperse era especial y, probablemente, irreemplazable. Pero aunque el miedo fue una de las cosas que los mantuvieron unidos durante aquellos primeros meses en Marin, más fuerte aún era el deseo que cada uno sentía de que el otro encontrara un equilibrio más sólido antes de cortar, y así, al final, su relación acabó pareciéndose en algunos aspectos a la de los hermanos, por ejemplo en el hecho de que la amistad era el factor principal, y a diferencia de muchas pasiones, la de ellos se fue enfriando lentamente, sin convertirse en su contraria, la ira, salvo en contadas ocasiones. De esto, en años posteriores, ambos se alegrarían, y ambos se preguntarían también si eso significaba que habían cometido algún error, que quizá si hubieran esperado y estado atentos su relación habría vuelto a florecer. Sus recuerdos, pues, echaron mano del condicional, que es por descontado como nacen nuestras más grandes nostalgias.

Los celos, eso sí, hicieron su aparición de vez en cuando, y la pareja que no se apareaba discutía a veces en su chabola, pero sobre todo se concedían más espacio el uno al otro, un proceso que estaba en marcha desde hacía ya tiempo, y si ello era causa de tristeza y alarma, lo era también de alivio, y ese alivio pesaba más.

Hubo también proximidad, puesto que el final de una pareja es como una muerte y la noción de muerte, de provisionalidad, puede recordarnos el valor de las cosas, y así fue en el caso de Said y Nadia, de ahí que, aun cuando hablaban menos y hacían menos cosas juntos, se veían más, lo que no significa más a menudo.

Una noche, uno de los diminutos drones que vigilaban la zona, parte de un enjambre de ellos, y no mayor que un colibrí, se estrelló contra el plástico transparente que hacía las veces de puerta y de ventana de su chabola. Said recogió aquel inerte cuerpo iridiscente y se lo enseñó a Nadia, que sonrió y propuso darle sepultura. Cavaron, pues, con una pala un pequeño hoyo allí mismo, en el suelo pedregoso donde había caído, y luego lo cubrieron otra vez, aplanaron la tierra y Nadia le preguntó a Said si tenía pensado ofrecer una oración por el autómata difunto, y él rió y dijo que no era mala idea.

A veces les gustaba sentarse junto a la chabola, al aire libre, desde donde podían oír los sonidos del nuevo asentamiento, sonidos como de feria, música y voces y una motocicleta y el viento, y se preguntaban cómo debió de ser Marin antaño. La gente decía que había sido un sitio bonito pero de otra manera, y casi desierto.

El invierno de aquel año tuvo momentos otoñales y primaverales, e incluso hubo algún día veraniego. Una vez, estando sentados fuera, el clima era tan cálido que no necesitaron ponerse jersey y estuvieron mirando cómo se ocultaba el sol y cómo unos rayos terciados se escurrían por entre las luminosas nubes aborregadas e iluminaban algunas zonas de San Francisco y de Oakland y las aguas, por lo demás oscuras, de la bahía.

–¿Qué es aquello? –le preguntó Nadia a Said, señalando hacia una forma geométrica chata.

–Lo llaman isla del Tesoro –dijo Said.

–Qué nombre tan interesante.

–Sí.

–La que está detrás sí tendría que llamarse isla del Tesoro. Es más misteriosa.

Said asintió.

–Y ese puente, el puente del Tesoro.

Alguien estaba cocinando en una fogata cerca de allí, al otro lado del grupo de chabolas vecino. Se veía un delgado penacho de humo y olía a comida. No carne. Tal vez boniatos. O plátanos macho.

Tras dudar un momento, Said tomó la mano de Nadia y la cubrió con la suya. Ella curvó los dedos, haciendo que los de él se enroscaran sobre los de ella. Le pareció notar el pulso de Said, y así estuvieron largo rato.

–Tengo hambre –dijo ella.

–Yo también.

Nadia casi besó su mejilla, que pinchaba.

–Bueno –dijo–. Ahí abajo, en alguna parte, hay todo lo que cualquiera podría desear comer en la vida.

Más al sur, en la ciudad de Palo Alto, vivía una anciana que había vivido siempre en la misma casa. Sus padres la habían llevado allí recién nacida, su madre había fallecido en aquella casa cuando la anciana era adolescente y su padre cuando ella tenía más de veinte, y el marido de la anciana y los dos hijos que tuvieron habían vivido también allí, y después de divorciarse la anciana había vivido sola en la casa con sus hijos, y más adelante con su segundo marido, el padrastro de sus hijos, y luego estos se habían ido a la universidad para no volver más, y el segundo marido había muerto hacía dos años, y durante todo este tiempo ella no se había movido, aunque sí viajado, pero no se había mudado nunca, y sin embargo parecía que el mundo se hubiera mudado, pues ella apenas reconocía la población que existía más allá de su finca.

La anciana se había hecho rica, en teoría al menos, ya que la casa valía ahora una fortuna, y sus hijos siempre la estaban presionando para que vendiera, diciendo que para qué quería ella tanto espacio. Pero ella les dijo que tuvieran paciencia, que la casa sería suya cuando ella muriese, lo cual ya no tardaría en pasar, y eso se lo decía con bondad, para darle más mordiente, y para recordarles hasta qué punto les motivaba el dinero, dinero que gastaban sin tenerlo todavía, cosa que ella no había hecho jamás, toda la vida ahorrando, aunque fuera poca cosa, por si llegaban las vacas flacas.

Una de sus nietas estudiaba en la magnífica universidad de los alrededores, una universidad que había pasado de ser un secreto local bien guardado a ser una de las más famosas del mundo, todo ello en vida de la anciana mujer. La nieta iba a verla con bastante frecuencia, a veces un día a la semana. Era el único descendiente de la anciana que lo hacía, y la abuela la adoraba y, a veces, se sentía desconcertada en su presencia: cuando miraba a su nieta le parecía ver el aspecto que ella misma habría tenido de haber nacido en China, pues esa nieta tenía rasgos de la anciana y sin embargo, a ojos de esta, en conjunto, más o menos, pero sobre todo más, parecía china.

Había que subir una cuesta hasta la calle donde estaba la casa, y cuando la anciana era una niña solía subir la bici empujando, a pie, y luego lanzarse cuesta abajo sin pedalear, pues en aquella época las bicicletas pesaban y costaba subir, sobre todo si una era menuda como ella entonces y la bici demasiado grande, como la suya. Le gustaba comprobar hasta dónde podía rodar sin detenerse y pasaba los cruces a toda velocidad, lista para frenar si era preciso pero no muy preocupada, pues en aquel entonces, al menos hasta donde le alcanzaba la memoria, había mucho menos tráfico.

En el musgoso estanque que había detrás de la casa ella siempre había tenido carpas, carpas que su nieta llamaba peces de colores, y se sabía el nombre de casi todos los vecinos de la calle, la mayoría de los cuales llevaba viviendo allí muchos años; eran de la California vieja, procedían de familias que eran familias californianas, pero con el paso de los años habían cambiado mucho y muy deprisa, y ahora la anciana no conocía a nadie y tampoco veía motivo para esforzarse puesto que la gente compraba y vendía casas como quien compra y vende calcetines, y cada año se marchaba una familia o llegaba una nueva, y encima ahora había todas esas puertas que se abrían y gente extraña llegada de todas partes, gente que parecía sentirse más en casa que ella, incluso los sintecho que no sabían palabra de inglés, más a gusto quizá porque eran jóvenes, y cuando salía de su casa le parecía que también ella había migrado, que todo el mundo migra, por más que uno no cambie de casa en toda su vida, porque es algo que no podemos evitar.

Todos somos migrantes en el tiempo.

Por todas partes, en el mundo entero, la gente se distanciaba de donde había estado, ya fueran llanuras antaño fértiles y ahora agrietadas por la sequía, pueblos costeros amenazados por tsunamis, ciudades superpobladas o letales campos de batalla, y se distanciaba también de otras personas, personas en algunos casos amadas, así como Nadia se estaba distanciando de Said, y Said de Nadia.

Fue Nadia la primera en sacar a colación el tema de marcharse ella de la chabola, lo dijo de pasada mientras daba una muy somera calada a un canuto, aguantando el humo en los pulmones mientras la idea de lo que acababa de decir iba perfumando el aire. Said guardó silencio, se limitó a fumar él también, aguantando la respiración para expulsar luego el humo hacia donde ella lo había expulsado antes. A la mañana siguiente, cuando Nadia se despertó, él la estaba mirando y le apartó unos cabellos de la cara, cosa que no había hecho en varios meses, y dijo que si alguien tenía que abandonar la casa que habían construido juntos, ese era él. Pero mientras lo decía, Said se dio cuenta de que estaba actuando o, si no actuando, sí tan confuso que era incapaz de calibrar su propia sinceridad. Creía, eso sí, que era él quien debía marcharse, que debía expiar su cercanía a la hija del predicador. Es decir, que si le parecía estar representando un papel no era por lo que había dicho, sino por haberle acariciado el pelo a Nadia, algo que, le pareció en aquel momento, tal vez nunca más estaría autorizado a hacer. Ese gesto de intimidad física fue también causa de sosiego y de desasosiego para Nadia, y ella dijo que no, que si uno de los dos se marchaba tenía que ser ella, y al igual que Said ella también detectó una falta de verdad en sus palabras, pues sabía que el meollo de la cuestión no era el si, sino el cuándo, y ese cuándo estaba solo a un paso.

En su relación el deterioro había empezado a hacerse patente, y tanto ella como él reconocieron que era mejor separarse ahora, antes de que la cosa fuera a peor, pero no volvieron a hablar de ello durante días, y cuando lo hicieron Nadia ya estaba metiendo sus cosas en una mochila y un bolso, de modo que en ese momento ya no estaban debatiendo si ella se marchaba o no, como aparentaban hacer, sino más bien navegando, a bordo de palabras que decían lo contrario, por las aguas del miedo a lo que iba a venir, y cuando Said insistió en llevarle los bultos, ella insistió en que no lo hiciera, y no se abrazaron ni se besaron, se quedaron frente a frente en el umbral de la chabola que habían compartido y no se dieron tampoco la mano; cada uno miró al otro, largo rato, pues cualquier gesto les parecía inapropiado, y sin mediar palabra Nadia dio media vuelta y echó a andar bajo la neblinosa llovizna, y su rostro enrojecido estaba húmedo y lleno de vida.

La cooperativa donde Nadia trabajaba disponía de habitaciones libres, despensas en el piso de arriba, en la parte de atrás. Había allí jergones, y los trabajadores acreditados de la cooperativa podían hacer uso de ellos e instalarse, en principio por tiempo indefinido, siempre y cuando los compañeros de trabajo consideraran válida la necesidad que uno tuviera de quedarse, y que uno currara suficientes horas extra como para cubrir el usufructo de la cama, y aunque dicha práctica violaba probablemente algún que otro código, las normativas, incluso tan cerca de Sausalito como estaban, apenas si tenían ya vigencia.

Nadia sabía de gente que se quedaba a dormir en la cooperativa pero ignoraba cómo funcionaba la cosa, porque nadie se lo había explicado. Y es que, aun siendo ella mujer y pese a que la cooperativa estaba en manos de mujeres y tenía una plantilla mayoritariamente femenina, eran muchas las que consideraban su túnica negra una prenda desagradable, o automarginadora, o en todo caso un tanto intimidatoria, de ahí que pocas de sus compañeras de trabajo le hubieran tendido la mano hasta el día en que un hombre de piel clara y numerosos tatuajes se presentó mientras Nadia atendía la caja y puso una pistola sobre el mostrador y le dijo: «Bien, ¿qué cojones te parece esto?».

Como no sabía qué decir, Nadia no dijo nada, y no le aguantó la mirada pero tampoco miró para otro lado. Enfocó la vista a un punto en el mentón del hombre, y así estuvieron un instante, en silencio, y el hombre repitió la pregunta, con menos firmeza esta segunda vez, y luego, sin robar la caja ni pegarle un tiro a Nadia, se marchó, llevándose el arma y soltando tacos y tirando de un puntapié una montaña de manzanas desparejas antes de salir.

Si fue por su entereza ante el peligro o porque las demás reconsideraron su idea de quién era una amenaza y quién el amenazado, o quizá simplemente porque ahora tenían algo de que hablar, el caso es que varias compañeras empezaron a charlar con ella más a menudo. Nadia se llevó la impresión de que empezaba a integrarse, y cuando alguien le comentó la posibilidad de vivir en la cooperativa y de que podía beneficiarse de ello en caso de que se sintiera oprimida por su familia o, como otra se apresuró a añadir, incluso si era solo por cambiar de aires, para Nadia fue como una revelación, una puerta que se abriera, en este caso una puerta en la forma de una habitación.

Y fue a esta habitación adonde se mudó tras separarse de Said. La estancia olía a patatas y a tomillo y a menta, y el catre olía un poco a humanidad aunque estaba razonablemente limpio; no había tocadiscos y tampoco ámbito que decorar, dado que aquel espacio seguía utilizándose como despensa. A pesar de todo ello, Nadia no pudo evitar acordarse del piso donde había vivido en su ciudad natal, aquel piso que tanto quería, acordarse de cuando vivía allí sola, y aunque la primera noche no consiguió dormir nada y la segunda apenas un poquito, a medida que pasaban los días empezó a dormir cada vez mejor y a sentir como su casa aquella habitación.

El área de Marin parecía estar saliendo en aquellos días de un profundo bajón colectivo. Se ha dicho que la depresión es la incapacidad de imaginar para uno mismo un futuro atractivo factible, y no solamente en Marin sino en todo aquel distrito, la zona de la Bahía, y también en otros muchos lugares, tanto cercanos como lejanos, el apocalipsis parecía haber llegado y, sin embargo, no era apocalíptico, en el sentido de que si bien la transformación era ostensible, aquello no era el fin, la vida continuaba y la gente se buscaba cosas que hacer y personas con las que estar, y poco a poco surgían futuros atractivos factibles, impensables un tiempo atrás pero ya no impensables, y el efecto resultante se podría decir que era de alivio.

Había, en efecto, un gran renacimiento creativo en aquella región, sobre todo en música. Algunos hablaban de una nueva era del jazz; se podía pasear por Marin y ver toda clase de grupos, humanos con humanos, humanos con máquinas electrónicas, piel oscura con piel clara con relucientes metales con plásticos mate, música informatizada y música no amplificada e incluso gente que lucía máscaras o se ocultaba a la vista de los demás. Diferentes tipos de música congregaban a diferentes tribus de personas, tribus que nunca antes habían existido, como es siempre el caso, y en una de estas reuniones Nadia vio a la cocinera jefe de la cooperativa, una mujer muy guapa de brazos fuertes, y dicha mujer vio que Nadia la miraba e hizo un gesto de cabeza. Más tarde acabaron casualmente la una al lado de la otra y se pusieron a hablar, no mucho, y solo entre canción y canción, pero cuando el pase terminó no se marcharon, sino que continuaron escuchando y hablando durante el pase siguiente.

Los ojos de la cocinera eran de un azul casi inhumano, o más bien de un azul que Nadia jamás había pensado que fuera humano, tan claros que, si uno se fijaba en los ojos cuando la cocinera estaba mirando en otra dirección, casi parecían ojos de ciego. Pero luego, cuando la miraban a una, estaba claro que esos ojos veían, pues aquella mujer tenía una mirada sumamente penetrante, hasta el punto de que uno la sentía casi como un impacto físico, y Nadia experimentó una emoción especial al ser mirada por la cocinera, y al mirarla a su vez.

Lógicamente, la cocinera era una experta en alimentos, y durante las semanas y meses que siguieron le enseñó a Nadia toda suerte de recetas antiguas y también recetas nuevas que acababan de nacer, puesto que en Marin se juntaban y se transformaban muchos de los alimentos del mundo y aquel lugar era el paraíso del gastrónomo, y como había racionamiento uno tenía siempre un poco de hambre, lo que quería decir que se saboreaba todo de una manera especial, y Nadia nunca se había deleitado tanto con el sabor como en compañía de la cocinera, que a ella le recordaba un poco a un cowboy, y que hacía el amor, cuando eso pasaba, con mano firme y buena puntería y una boca que no hacía gran cosa pero todo muy bien.

De manera similar Said y la hija del predicador estaban intimando también, y aunque ciertas personas no lo veían con buenos ojos, siendo que los antepasados de Said no habían sufrido la experiencia de la esclavitud ni de sus secuelas en aquel continente, el tipo de religión que auspiciaba el predicador tuvo el efecto de dulcificar esa oposición, así como, con el tiempo, también lo hizo la camaradería, el trabajo que Said llevaba a cabo junto con el resto de los voluntarios, y luego estaba el hecho de que el predicador hubiera desposado a una mujer del mismo país que Said, y que la hija del predicador hubiera nacido de una mujer del país de Said, de modo que la estrecha relación entre los dos, Said y la hija del predicador, si bien provocó inquietud en ciertos sectores, acabó siendo tolerada, y a ojos de la propia pareja esa estrecha relación se beneficiaba de la chispa de lo exótico y del confort de lo familiar, que es lo que suele ocurrir, en sus inicios, con muchos emparejamientos.

Said la buscaba todas las mañanas cuando llegaba al trabajo y paseaban y sonreían juntos, y ella a veces le rozaba el codo, y se sentaban juntos durante el almuerzo comunitario, y por las tardes, cuando habían terminado de trabajar, paseaban por Marin, subían y bajaban por los senderos y las calles que se estaban formando, y una vez pasaron frente a la chabola de Said y él le dijo que era la suya, y la siguiente vez que pasaron por allí ella le pidió ver la chabola por dentro, así que entraron y después cerraron la cortina de plástico de la entrada.

A la hija del predicador le intrigaba la postura de Said con respecto a la fe, mientras que la amplitud de su visión del universo, el modo en que hablaba de las estrellas y de la gente del mundo, le parecía muy sexy, lo mismo que su contacto, y le gustaba el corte de su cara porque le recordaba a su propia madre y, por consiguiente, a su niñez. Y a Said le encantaba que fuera tan sencillo hablar con ella, no solo porque la hija del predicador sabía escuchar y hablaba bien, sino porque lo incitaba a querer escuchar y hablar, y ya desde el principio le había parecido tan atractiva que casi le dolía mirarla, y había además, aunque eso no se lo dijo ni quería pensar en ello, aspectos de ella que le recordaban mucho a Nadia.

La hija del predicador era uno de los dirigentes locales del movimiento plebiscitario, que propugnaba someter a votación el asunto de la creación de una asamblea regional para la zona de la Bahía, con miembros elegidos según el principio de una persona un voto, independientemente de su lugar de origen. Aún estaba por decidir cómo coexistiría dicha asamblea con otros cuerpos de gobierno preexistentes. De entrada quizá tendría solamente una autoridad moral, pero dicha autoridad podía ser muy importante, pues a diferencia de otras entidades para las que algunos humanos no eran lo bastante humanos como para ejercer el derecho al voto, esta nueva asamblea hablaría en nombre de la voluntad popular, y lo que se esperaba era que, a la vista de esta voluntad, fuera menos fácil negarle al pueblo una mayor justicia.

Un día la hija del predicador le mostró a Said un pequeño artefacto que recordaba a un dedal. Él le preguntó por qué estaba tan contenta, y ella dijo que aquel objeto podía ser clave para el plebiscito, que con aquello se podía distinguir perfectamente a una persona de otra y así garantizar que se pudiera votar una sola vez, y que los estaban fabricando en grandes cantidades, prácticamente con coste cero, y Said lo sostuvo en la palma de la mano y se asombró de que fuera tan ligero como una pluma de ave.

Cuando Nadia se marchó de la chabola, no volvió a comunicarse con Said durante el resto del día, y tampoco al día siguiente. Era la vez que más tiempo habían estado sin contacto desde que abandonaran su ciudad natal. La tarde del segundo día tras la separación Said la llamó para preguntarle cómo estaba y saber si todo iba bien, así como para oír su voz, y la voz que oyó por teléfono le sonó familiar y extraña a la vez. Mientras hablaban él sintió ganas de verla pero se aguantó, y colgaron sin quedar en verse otro día. Ella le telefoneó la tarde siguiente, de nuevo una llamada breve, y a partir de ahí se mandaban mensajes o hablaban casi a diario, y si bien el primer fin de semana lo pasaron cada cual por su lado, al siguiente acordaron ir a dar un paseo junto al mar, y caminaron oyendo el viento y las olas y el murmullo de estas al romper.

El fin de semana siguiente volvieron a verse para dar un paseo, y lo mismo el fin de semana de después, y aquellos encuentros tenían un punto de tristeza pues los dos se echaban de menos y estaban solos y un tanto a la deriva en el nuevo emplazamiento. A veces, después de verse, Nadia se sentía como desgarrada por dentro, y a veces Said sentía lo mismo, y ambos titubeaban al borde de hacer algún gesto físico que remendara los vínculos rotos entre ellos, pero al final tanto ella como él lograron aguantarse.

La interrupción, por lo demás inevitable, de aquel ritual de fin de semana se debió al reforzamiento de otras atracciones, la que la cocinera ejercía sobre Nadia y la que ejercía sobre Said la hija del predicador, y al hecho de conocer gente nueva. Aunque el primer fin de semana que dejaron de verse fueron los dos muy conscientes de que se lo saltaban, no lo fueron tanto el segundo, el tercero casi ni pensaron en ello, y después ya se veían solo una vez al mes o así, y pasaban varios días sin que ninguno de los dos llamara o enviara un mensaje al otro.

Esta situación de contacto tangencial se prolongó el resto del invierno y toda la primavera siguiente –aunque en Marin las estaciones parecían durar apenas unas horas al día, podían cambiar en el tiempo de quitarse uno la chaqueta o ponerse un jersey–, y no había variado cuando una cálida primavera dio paso a un verano fresco. A ninguno de los dos le hacía gracia descubrir en internet lo que estaba haciendo su antiguo amor, de modo que se distanciaron mutuamente en las redes sociales, y aunque ambos deseaban saber del otro, y también controlar al otro, seguir en contacto les pasaba factura pues les recordaba una vida que no habían llegado a vivir, y así empezaron a preocuparse menos el uno por el otro, a preocuparse menos por que necesitaran que el otro fuera feliz, y pasó un mes sin que hubiera contacto entre ellos, y luego fue un año entero, y al final casi una vida.

En las colinas próximas a Marrakech, con vistas a la casa palaciega de un hombre a quien en otro tiempo tal vez llamaran príncipe y de una mujer a quien en otro tiempo tal vez llamaran extranjera, había en una aldea cada vez más despoblada una sirvienta que no podía hablar y que, por esa razón quizá, no se imaginaba marchándose de allí. Trabajaba en la gran mansión, una casa con menos servicio doméstico del que tenía un año antes, y ese año menos también que el anterior, siendo que poco a poco sus criados habían ido huyendo, o mudándose, pero no así esta sirvienta, que iba cada mañana al trabajo en autobús y que sobrevivía en virtud de su salario.

La sirvienta no era vieja, pero su marido y su hija no estaban con ella; él había partido al poco tiempo de casarse, rumbo a Europa, de donde ya no había vuelto y desde donde con el tiempo había dejado de enviar dinero. Según la madre de la sirvienta eso era porque la sirvienta no podía hablar, y porque ella le había hecho conocer los placeres de la carne, que el marido ignoraba antes de la boda, y así lo había armado a él como hombre y había quedado ella desarmada por naturaleza como mujer. Pero la madre era una persona severa y a la sirvienta no le parecía que el intercambio hubiera sido tan malo, ya que su esposo le había dado una hija, una hija que había sido su compañera de viaje a lo largo de la vida, y aunque también ella, su hija, había traspasado puertas, iba a visitarla de cuando en cuando, y cada vez que lo hacía se empeñaba en convencer a su madre la sirvienta para que se fuera con ella, pero la sirvienta le decía que no pues intuía la fragilidad de las cosas, se consideraba a sí misma una pequeña planta en un pequeño trecho cultivable entre las piedras de un lugar seco y ventoso, y el mundo no la necesitaba y aquí al menos la gente del pueblo la conocía, y la toleraba, lo cual era una bendición.

Tenía esta sirvienta una edad en que los hombres habían dejado de verla. Siendo todavía una muchacha, que fue cuando contrajo matrimonio, tan joven, la sirvienta lucía ya cuerpo de mujer, y su cuerpo había madurado todavía más al dar a luz y criar a su hija. Los hombres antaño se paraban a mirarla, no por su cara, sino por su figura, y a ella la habían asustado un poco aquellas miradas, en parte por el peligro que entrañaban y en parte porque ella sabía que los hombres cambiaban de expresión al darse cuenta de que era muda, así que fue más que nada un alivio que dejaran de fijarse en ella. Más que nada, y sobre todo, un alivio, pero no del todo, pues aunque la vida le había negado los lujos de la vanidad, no por ello dejaba la sirvienta de ser humana.

La sirvienta no sabía exactamente cuántos años tenía, pero sí que era más joven que la señora de la casa donde trabajaba, cuyos cabellos eran negros todavía y cuyo porte todavía era erguido y cuyos vestidos tenían todavía un corte pensado para enardecer. La señora de la casa parecía no haber envejecido un ápice en los muchos años que la sirvienta llevaba a su servicio. De lejos se la podía confundir fácilmente con una mujer muy joven, mientras que la sirvienta parecía haber envejecido el doble, quizá por ellas dos, como si su profesión hubiera sido envejecer, entregar la magia de los meses a cambio de billetes y comida.

El mismo verano en que Said y Nadia empezaban a llevar vidas separadas, la hija de la sirvienta fue a visitar a su madre a la aldea ya casi desierta y tomaron café al aire libre vespertino y contemplaron el polvo rojizo que se elevaba por el sur, y la hija volvió a pedir a la madre que se fuera con ella.

La sirvienta miró entonces a su hija, de quien habría dicho que había heredado lo mejor de ella, y también de su marido, pues le veía un aire a él, y de su propia madre, cuya voz salía fuerte y grave por boca de la hija de la sirvienta, pero no así sus palabras, pues lo que decía su hija no se parecía en nada a lo que decía su madre, que siempre había hablado con palabras rápidas y ágiles y nuevas. La sirvienta puso su mano sobre la mano de su hija y luego se la llevó a los labios y la besó; por un momento la carne de sus labios quedó pegada a la piel de la hija, incluso mientras la sirvienta bajaba la mano de la hija, pues la forma de los labios es mutable, y luego sonrió y negó con la cabeza.

Algún día quizá, pensó la sirvienta.

Pero no ahora.

Medio siglo después, Nadia volvió por primera vez a la ciudad que la viera nacer, donde los incendios que había presenciado en su juventud se habían extinguido solos hacía ya mucho tiempo, siendo la vida de una ciudad mucho más persistente y más delicadamente cíclica que la de las personas, y Nadia encontró una ciudad que no era el cielo pero tampoco el infierno, una ciudad a la vez familiar y extraña, y mientras vagaba sin rumbo por ella, explorando, se enteró de que Said andaba cerca y, tras quedarse inmóvil durante un rato considerable, se puso en contacto con él y quedaron en verse.

Se citaron en un bar cercano al edificio donde ella había vivido, y que seguía en pie, aunque la mayoría de los que había cerca estaban cambiados, y se sentaron uno junto a otro en dos lados adyacentes de una pequeña mesa cuadrada, al aire libre, e intercambiaron miradas compasivas, pues el tiempo había obrado lo que suele obrar, pero también miradas de mutuo y singular reconocimiento, y vieron pasar a gente joven de aquella ciudad, jóvenes que no tenían idea de lo mal que habían estado las cosas, salvo lo que habían estudiado en clase de historia, que es como deberían ser tal vez las cosas, y se tomaron el café y hablaron.

Su conversación versó sobre dos vidas, con detalles muy importantes destacados y excluidos, y fue también una danza, pues habían estado enamorados el uno del otro y no se habían herido mutuamente tanto como para haber perdido la capacidad de encontrar un ritmo común, y a medida que el café menguaba en sus respectivas tazas parecían hacerse más jóvenes y más juguetones, y Nadia dijo ¿te imaginas qué diferente habría sido todo si yo hubiera accedido a casarme contigo?, y Said dijo ¿te imaginas qué diferente habría sido todo si yo hubiera accedido a tener sexo contigo?, y Nadia dijo que entre ellos había habido sexo y Said se quedó pensando y luego sonrió y dijo sí, supongo que tienes razón.

Satélites brillantes transitaban allá arriba, en el cielo que se oscurecía, y los últimos gavilanes estaban volviendo a lo que quedaba de sus nidos, y la gente que pasaba por delante no se detenía a mirar a aquella mujer mayor de túnica negra ni a aquel hombre mayor con barba de días.

Terminaron sus cafés y Nadia le preguntó a Said si había llegado a ir a los desiertos de Chile, si había visto las estrellas y si todo era como él lo había imaginado. Said asintió y le dijo que si ella tenía alguna noche libre él la llevaría, porque era un espectáculo digno de ver, y ella cerró los ojos y dijo que le gustaría mucho, y luego se levantaron y se dieron un abrazo y cada cual siguió su camino sin saber, en ese momento, si esa noche llegaría alguna vez.